お前は人ではない。

# 古き掟の魔法騎士

The fairy knight lives with old rules

騎士は真実のみを語る

A Knight Tells Only the Truth

その心に勇気を灯し

Their Bravery Glimmers in Their Hearts

その剣は弱きを護り

Their Swords Defend the Defenseless

その力は善を支え

Their Power Sustains Virtue

その怒りは——悪を滅ぼす

And Their Anger...Destroys Evil

# 古き掟の魔法騎士Ⅳ

羊 太郎

ファンタジア文庫

3187

口絵・本文イラスト　遠坂あさぎ

序章　冬に潜む闇　7
第一章　春の訪れ　13
第二章　風雲急　39
第三章　傲慢なる狼　88
第四章　新たなる決起　157
第五章　聖霊降臨祭　202
終章　王の資質　295
あとがき　337

The fairy knight lives
with old rules

## アルヴィン

キャルバニア王国の王子。王家の継承権を得るために騎士となり、斜陽の祖国を救うべくシドに師事する

## シド

“伝説時代最強の騎士”と讃えられた男。現代に蘇り、落ちこぼれの集うブリーツェ学級の教官となる

## イザベラ

半人半妖精族の女性。古き盟約の下、キャルバニア王家を加護し、その半人半妖精としての力を貸す『湖畔の乙女』達の長

## テンコ

貴尾人と呼ばれる亜人族の少女。アルヴィンの父に拾われ、アルヴィンとは姉妹同然に育てられた

# STUDENT

## クリストファー

辺境の田舎町の農家の息子。自ら味方の盾になったりとタフな戦い方を得意とする

## エレイン

とある名門騎士出身の、貴族の令嬢であった。剣格が最下位であるが、座学や剣技は学校の中でトップクラス

## セオドール

スラム街の孤児院出身であり、インテリな外見に似合わず、結構な不良少年。実はスリが得意

## リネット

とある貧乏没落貴族の長女。動物に愛されるタイプであり、乗馬にかけては、ブリーツェ学級随一

## KEY WORD

### 妖精剣

古の盟約によりて、人の良き隣人（グッド・フェロー）たる妖精達が剣へと化身した存在。騎士はこの妖精剣を手にすることによって、身体能力の強化や自己治癒能力の向上、様々な魔法の力を行使することができる。

### ブリーツェ学級

キャルバニア王立妖精騎士学校に存在する、騎士学級の一つ。

自由・良心を尊び、自分自身の信じる正義と信念を重視する。

生徒傾向は、新設されたばかりの学級で、何ともいえないが、あえて言えば個性豊か。《野蛮人》シド＝ブリーツェの名前を冠する。

### キャルバニア城と妖精界

王国建国時に、湖畔の乙女達や、巨人族の職人達が力を合わせて建造したとされる。

人や動物といった物質的な生命が生きる《物質界》と、妖精や妖魔といった概念的な生命が生きる《妖精界》という二つの世界が存在し、キャルバニア城は、その狭間に位置する。

# 序章　冬に潜む闇

「ついに、時は来ましたわ」

ぱたん。本を閉じる音と共に、黒いローブを纏う妖艶な魔女フローラは言った。

その肩には、禍々しい雰囲気の鴉が一羽。

フローラへの報告を終えた鴉は、その肩を飛び立ち、まるで最初からいなかったかのように、頭上の闇の中へ溶け消えていくのであった。

そこは、年中地獄のような凍気と雪と氷に閉ざされた永久凍土の地、北の魔国ダクネシア。滅んだ魔都の中心に、巨人のように聳えるダクネシア城の玉座の間。

フローラが上げた言葉に、それまで玉座に物憂げに腰かけていた少女が、ガタンと立ち上がる。

長い銀髪と纏う黒のゴシックドレスの少女――エンデアだ。

「ほっ、本当にっ⁉　本当に準備が終わったの⁉」

エンデアがフローラへ駆け寄り、その手を取る。

「ええ、本当ですわ、可愛い私の主様」

くすくすと妖しく笑いながら、フローラはエンデアの頬を愛おしそうに撫でた。

「先ほど、一角獣卿と獅子卿から連絡が御座いました。件の〝触媒〟が、今、ようやく全て揃いました。後は時節を待って、計画を実行するのみ」

「じゃ、じゃあ……ようやく……ようやく、あの憎きアルヴィンの鼻を明かすことができるのね……ッ⁉」

ぱぁっと、花咲くように笑うエンデア。

「ええ、その通りでございますわ。そして、その時が、あなた様がこの世界の頂点に君臨する時……最早、この世界はあなた様のものなのです」

「うふっ、うふふふ……あはははははははっ！　やった！　やったよ！　あはははははははははは──っ！　ざまあみろだわ、アルヴィン！　いい気味っ！

ようやくだわ！　私の全てを奪ったアルヴィンッ！　ようやく、あなたに復讐を果たせるッ！　ようやく私は私自身を取り戻せる……ッ！

見てなさい！　あなたが後生大事に守ろうとしたものを全部、全部壊してやる！　あなたの全てを否定して、奪い尽くしてやるわ！　どんな泣き顔を見せてくれるのか、今から楽しみね！　あははははっ！　あーっはははははははははははははっ！」

ひたすら無邪気に、昏(くら)く高笑いするエンデアを。

「ふふふ……」

フローラは妖しく微笑(ほほえ)みながら見つめている。

ただ、じっと、愛おしそうに見つめている。

やがて。

「それでは、我が愛(いと)しい主様……計画の最終段階に入りますわ」

フローラは恭(うやうや)しくエンデアへ一礼すると、踵(きびす)を返した。

「これから各地で活動している暗黒騎士団を呼び戻します。そして──私も、最後の〝詰め〟に動きますわ。今しばらく、ごゆるりと時をお過ごしくださいませ」

そう言い残して、フローラが歩く都度、闇の中へと溶けるように消えていこうとした

……その時だった。

「あっ⁉　ま、待って、フローラ！」

呼び止めるエンデアの声に、フローラは足を止める。

「何かございましたでしょうか？」

「えっ⁉　いや、あの、その……」

呼び止めたというのに、エンデアはしばらくの間、どこか煮えきれないようにしどろもどろして。

やがて、恐る恐る言った。

「その……件の計画が成れば……この世界は、皆、死んじゃうんだよね……？」

「ええ、遅かれ早かれそうなりますわ。それが如何しましたでしょうか？　まさか……この期に及んで、怖じ気付いてしまわれましたか？」

そんな、試すような、面白がるようなフローラの言葉に。

「ふんっ！　くだらないわ！」

エンデアは、苛立ったように吐き捨てた。

「私を愛してくれないこんな世界なんていらない！　私を殺して、私の存在を否定したこんな世界、なくなってしまえばいい！　でも……」

急に言葉をしぼませて俯くと、エンデアは迷ったように虚空に視線を彷徨わせる。

そして、やがて絞り出すように呟いた。

「……でも……あの……フローラ……一つだけお願いがあるの……」

「お願い？」

「うん……それは……」

……。

エンデアの、その〝お願い〟に。

フローラはしばらくの間、無言でエンデアの縋るような顔を見つめて。

そして——

「……仰せのままに」

ふっ……と、口元を笑みの形に歪ませる。

それは噎せ返るように妖しく、妖艶な笑みであった——

——。

——。

# 第一章　春の訪れ

時は妖精歴一四四七年、三の月。

生命の息吹溢れる春の訪れと共に、キャルバニア王立妖精騎士学校では新学年が始まり、新たなる風が吹き込んで来る。

夢と希望、憧れを胸に、将来の王国の支える騎士を目指さんと、意気揚々とやって来た新入生達。

そんな初々しい新入生達は……


「げほっ……ぐふっ……ごほごほ……ッ！」

「し、死ぬ……もうダメ……ですぅ……」

「この人、徒手空拳なのに、なんでこんなに強いの……？　信じられない……」

「こ、これが……あの……伝説時代の騎士……」

……ボロボロに打ちのめされて地に転がり、早くも死にかけていた。

「ははは、だらしないな、新人達（ルーキーズ）。ちょっと撫でてやっただけなのに。そんなことじゃ先が思いやられるぞ？」

「いや、シド卿……最初なんだから、もっと手心をですね……」

蒼（あお）い空、白い雲の下の、キャルバニア王城の騎士訓練場にて。

ブリーツェ学級（クラス）の教官騎士シドは、周囲で這（は）いつくばる新入生達を生暖かい目で見下ろしていて、王国の王子アルヴィンは、そんなシドを苦笑いで窘（たしな）めるのであった。

年明けと共に、アルヴィンらブリーツェ学級（クラス）の生徒達は二年従騎士（セカンド・スクワイア）へと進級し、そして当然、キャルバニア王立妖精騎士学校には、新入生達が入学してくる。

今年も厳しい選抜試験をクリアし、妖精剣契約の儀式を済ませ、見事、従騎士（スクワイア）の資格を得た選ばれし新入生達だ。

入学と同時に、彼らは、現在、学校に四つある各学級（クラス）のどれかへ編入される。

その際に強いのは、やはり三大公爵派の伝統三学級（クラス）——すなわち、デュランデ学級（クラス）、オルトール学級（クラス）、アンサロー学級（クラス）だ。

まだ発足して間もない弱小のブリーツェ学級（クラス）に入学を希望する生徒など、いるわけがない……それが三大公爵家や学校上層部の大方の予想だった。

王家派のブリーツェ学級(クラス)など、将来、出世できないことが確定している学級(クラス)である。

ましてやブリーツェ学級(クラス)を率いる教官は、悪名高き《野蛮人》シド。

まともな新人など、集まるわけがない。

だが、そんな大方の予想は大いに裏切られた。

確かに、多くの才能ある有望な生徒達が、例年通り伝統三学級(クラス)への編入を希望し、あるいは抜け目なく引き抜かれていき、伝統三学級(クラス)は多くの新人達を盤石に確保した。

だが、ブリーツェ学級(クラス)に編入を希望する生徒達も、上層部の予想を超えて多かったのである。

その数――なんと総勢二十名余。

基本的に各学年学級(クラス)ごとの人数が四十名前後、前年のブリーツェ学級(クラス)発足当初の新入生が六名であったことを考えれば、大躍進だ。

伝統三学級(クラス)では、門前払いを喰(く)らう地霊位(アッシャー)の生徒達は当然、上位の妖精剣持ち……威霊位(イェツェラ)や精霊位(ベリアー)の生徒達も、今のブリーツェ学級(クラス)には何人かいる。

そして、何より特筆すべきことは――一人、最上級の神霊位(アツィルト)が入ったということだ。

その生徒は、伝統三学級(クラス)や三大公爵達じきじきの勧誘を片端から蹴って、ブリーツェ学級への編入を希望したというから、驚きである。

「ま、確かに最初ならこんなもんか。じゃあ、しばらく休憩……」

「い、いえっ！　まだですっ！　私、まだいけます！　教官！」

休憩を宣言しようとするシドの元へ、周囲で這いつくばっていた新人生徒の一人が慌てて起き上がり、詰め寄ってくる。

栗色の髪が特徴的な、全体的に華奢で小柄な少女だ。

くりくりとしたつぶらな瞳、ほっそり通った鼻筋、薄い唇。やや童顔で、地方の田舎村娘特有の垢抜けなさはあるが、顔立ちは非常に整っており、きっちりとめかし込めば、貴族令嬢が集う社交界でも華やかな存在感を主張できるだろう。

ボロボロの従騎士制服を纏ったそんな少女が、シドへ訴えかけてくる。

その手に握られたるは当然、妖精剣。

七色の宝石で装飾されたその直刀型の緑の妖精剣は、明らかにそこいらの妖精剣とは一線を画す力が感じられる。

それもそのはず。その少女こそ、神霊位に選ばれたという件の期待の新人だ。

彼女の名は、ユノ＝アプレント。

以前、地方村ノアレで、アルヴィンがその身を賭して山賊から守った少女であった。

「わ、私はアルヴィン王子様のため、一日でも早く立派な騎士にならないといけないんです！　だから、このくらいでへばっていられません！　もう一本、お願いします！」

そんなユノの熱意に絆されるように。

「お、俺も……俺も強くなりたいっす……ッ！」

「私だって……」

「……ぼ、僕も……まだ……ッ！」

ぐったりと倒れ伏していた一年従騎士達が、よろよろとゾンビのように立ち上がる。

「み、皆……」

そんな後輩達の姿に、胸が熱くなるアルヴィン。

「なるほど、結構なことだ」

シドは感心したように、そんな生徒達を見つめた。

「だが、焦らなくていい。今日、俺がお前達全員をまとめて相手した理由は、お前達の今の実力を正確に測るため……土台を見極めるためだ。

お前達はその土台に、これからコツコツと積み上げていく。強さは一朝一夕で成るものじゃないからな」

「だから、今は大人しく休憩だ。ほら、あの鎧を着て走れ」

シドが春風のような微笑を浮かべながら、訓練場の隅にズラリと並んでいる重厚な全身鎧達を指差すと。

「「「だから、休憩でそれはおかしくないですかねぇえええええ──ッ!?」」」

ユノ達は頭を抱えて、悲鳴を上げるのであった。

「休憩の意味ご存じですか!? 伝説時代の騎士様!?」

「朝から、教官との手合わせと走り込みの無限ループで動きっぱなしなんですけど!?」

「むしろ、立ち回りの最中に、息を抜ける手合わせの方が休憩なんですけど!?」

「教官、実は僕達のこと、殺す気ですよね!?」

「この国に命を捧げる覚悟ですけど、訓練で殺されるのはご免なんですけど!?」

一年従騎士達が鬼気迫る表情で、シドへと詰め寄ってくる。

当のシドは、意味がわからないとばかりにキョトンと小首を傾げ、アルヴィンを見る。

「走り込みは休憩……だよな?」

「すみません、コメントは控えます」

アルヴィンは、ふいっとそっぽを向くしかなかった。

「うーむ……これがジェネレーションギャップってやつか」

そんな風に、シドと新人達が騒いでいると。

「いやー、わかる！　わかりますよ！　後輩さん達！」

「うんうん！　俺達もそういう時期があった！」

ブリーツェ学級(クラス)が誇るバカ組……貴尾人(きびひと)の少女テンコと、ブラウン髪の少年クリストファーがどや顔でやってくる。

「て、テンコ先輩……？　クリストファー先輩……？」

ユノ達が目を瞬(またた)かせる前で、二人は熱く語り始めた。

「皆がキツくて辛(つら)い思いをしているのは、本当に、よぉくわかります！」

「ああ、苦しいよな⁉　今にも心が折れそうだよな⁉　妖精剣があるのに、どうしてそんなキツいことをしなきゃならないんだってなるよな⁉」

「しかぁし！　妖精剣に頼りきりではいけません！　妖精剣はただの武器ではないのです！　騎士を認め、騎士に力を貸してくれる唯一無二の同志！　対等(たいとう)の友！」

「つまり、騎士と妖精剣は一心同体、運命共同体なんだぜ！」

「一方的に力を借りる関係が果たして対等と言えましょうか⁉　否ッ！」

「然りッ！　騎士はまず何よりも自分自身を鍛えてこそなんだぜ！　自身のマナを操る術
――〝ウィル〟を練り上げてこそ、妖精剣を振るうに相応しい真の騎士なんだっ！」

「ご安心を！　ウィルは生きとし生ける者ならば誰でも使える技！　強き意志をもって、
己を鍛え続ければ、必ず体得できますから！　私達がついてますから！」

そんな風に。

やたら目をキラキラ輝かせ、後輩達の前で熱く語るテンコとクリストファー。

「え、ええと……」

ユノを筆頭とする一年従騎士達は反応に困ってしまい……

「あの二人……後輩ができたことが、よほど嬉しいみたいですわね」

「バカ組め」

「あ、あははは……」

それを遠巻きに見守るエレインはジト目、セオドールは呆れ顔、リネットは曖昧に笑う
しかないのであった。

「ほう？　なかなか言うようになったじゃないか」

すると、シドが穏やかな微笑みながら、テンコとクリストファーへ言った。

「懐かしいな。お前達が走り込みで、ひーひー泣いてた頃が遠い昔のようだ」

「フフン、人は成長するものですよ？　師匠」

「ああ、俺達は日々、弛まぬ努力と研鑽を続けているからな！」

「確かにその言葉に偽りない。最近は、他学級と模擬試合をやっても、戦績上位陣に必ずお前達全員の名があるからな。特に――」

シドがテンコを真っ直ぐと見つめる。

「お前は凄いぞ、テンコ。まさか、一つ上の学年の連中とやり合っても、勝ち越せるとは思わなかった。腕を上げたな」

そう言って、シドはテンコの頭に手を乗せ、もふもふと撫でるのであった。

「えへ、えへへ……くすぐったいですよぉ、師匠」

テンコは耳をピコピコ、尻尾をパタパタ振りながら、嬉しそうにされるがままだ。

そして、そんなテンコへ集まるユノ達一年従騎士達の尊敬と羨望の目――

「そうですよね……テンコ先輩は本当に凄い人ですからね……」

「こないだの試合の先輩、足、滅茶苦茶速くて、剣、滅茶苦茶格好良かったよな⁉」

「さすが、二年従騎士最強……」

「バカ、凄いのはテンコ先輩だけじゃないだろ⁉」

「ああ、そうだな！　この学級の先輩達は皆、凄い人だもんな！」

「私、先輩達のお陰で希望が持てるの……剣格の差が、騎士の絶対的な差じゃないんだって……」

そんな風に、後輩達はやはり尊敬の羨望と目で、アルヴィン、テンコ、クリストファー、エレイン、セオドール、リネットを見回していく。

「ふっ……照れるぜ」

「な、なんか……くすぐったいですわね」

「ふ、ふん……」

先輩達は、誰も彼も満更でもないようだ。

そして。

「と、いうわけで！　頑張ってください、皆さん！　もちろん、私達も皆さんの目標として、必死に頑張りますからっ！」

と、テンコがどや顔で締めくくるのであった。

「そうだな、良いことを言った、テンコ」

すると、そんなテンコをシドが褒める。

途端、テンコは表情を、ぱぁっと明るくしながらシドを振り返った。

「で、ですよねっ⁉　私達は先輩ですもんねっ⁉」

「ああ。お前達は先輩として、後輩達に模範を見せてやらないとな」

「ええ！　その通りですっ！」

「じゃあ、実際に今、見せてやれ。かかってこい、テンコ」

「はい！　いきます！　って……は？」

テンコの目が点になる。

「テンコだけじゃない。二年従騎士（セカンド・スクワイア）全員、俺にかかってこい」

「「「……は？」」」

続いて、その場の二年従騎士（セカンド・スクワイア）全員の目が点になる。

「そうまで言うんだ。お前達が今、どれだけ戦えるのか、どれだけやれるのか……その限界を、後輩達に見せてやってくれ」

すると、シドがニヤリと笑って、二年従騎士（セカンド・スクワイア）達へ向かって構えて——

「「「テンコォオオオオオオオオオオオオオオオオオ——ッ！」」」

次の瞬間、二年従騎士（セカンド・スクワイア）達の怨嗟（えんさ）の視線と叫びが、テンコへと殺到するのであった。

「ええええええ⁉　し、師匠⁉　ちょ、待ってください⁉　わ、私達も朝からずっと、いつもに増してえげつない訓練で、すでにくたくたで……ッ！」

テンコが涙目で、あたふたと弁明するも。

「ほう？　お前の騎士道は一度言った言葉を覆すのか？」

「あう……いえ、そ、それは……ッ！」

真っ直ぐと見つめてくるシドに何も言えなくなってしまう。

「まぁ、お前達のウィルの深度がどこまでいったか知りたかった頃だ。ちょうどいい機会だろ。さぁ、四の五の言わずに全力でかかってこい、お前達」

なんと言って、この場を誤魔化すべきか？

テンコやエレイン達が、疲れきった頭で必死に考えていると。


「その話、この私も混ぜてもらうぞッッ！」


訓練場に、凛とした少女の声が上がった。

一同がはっとそちらを振り向けば……そこに居たのは、炎のような赤髪が美しい、双剣の二年従騎士だ。

「エリーゼ先輩だ！　オルトール学級のエリーゼ先輩だ！」

「なんか、やたら色々理由をつけては、ほぼ毎日、ブリーツェ学級に入り浸って、シド教官にベッタリなエリーゼ先輩だ！」

「その冷たい美貌と苛烈な言動のせいで、最初は怖い人だと思ったけど、話してみると意外と気安くて面倒見のいいエリーゼ先輩だ！」

「ええい、そこ黙れ！　有象無象！」

騒ぎ始める後輩達を一喝すると、エリーゼはシドの前に立ち、剣を突きつける。

「私も混ぜてもらうぞ、シド卿！　今日こそ貴様から一本取ってやるッ！」

「ちょ⁉　エリーゼ、余計なこと言わないでくださいって⁉」

なんとかテンコがエリーゼを宥めようとしていると。

「そういう話なら、俺達も参加させてもらおうか」

「ええ。今の自分の実力……ちょうど試してみたいところだったの」

なんと、アンサロー学級の二年従騎士ヨハン、デュランデ学級の二年従騎士オリヴィアまで息巻いて登場するのであった。

「え？　あの、ちょ……」

テンコが何か言う暇もなく。

「す、凄い！　二年従騎士（セカンド・スクワイア）トップレベルの先輩達がここに揃（そろ）い踏みです……ッ！」

ユノが感動したように手を組んで叫んでいた。

「しかも、そんな先輩達を相手するのは、あの伝説時代最強のシド卿……一体、どんなことを私達に教えてくれるのか、これはもう一瞬たりとも目が離せないよ！
皆！　今後の私達のさらなる成長のためにも、伝説時代の技と先輩達の技、この目に全部、焼き付けようね！」

「「「おうっ！」」」

ユノの無邪気な音頭（おんど）に、意気揚々と盛り上がる後輩達。

最早（もはや）、後に退けなくなってしまっていた。

「これはもう……やるしかありませんわね……」

「あわわわ……身体（からだ）、保（も）つかなぁ……？」

腹を括（くく）って、エレインやリネットが各々（おのおの）の妖精剣を構える。

「まぁいい。限界まで消耗している時に敵が来た、という想定の訓練だと思えば」

「う……す、すまねぇ……」

ため息交じりにセオドールが立ち上がり、クリストファーが気まずそうに大剣を取る。

「死ぬ……死んじゃいます……何も今日みたいな、キツさのあまり川の向こう側が見えるような訓練の後にやらなくても……」

真っ青になったテンコがブツブツ言いながら、いつもの居合いの構えを取る。

「アルヴィン王子様ぁあああ——っ！　がんばってくださぁああああいっ！」

「ははは。可愛い後輩の期待を裏切るわけにはいかないな」

憧れに目をキラキラさせたユノの声援を受けて、アルヴィンが苦笑しながら細剣を抜いて、ゆっくりと構える。

「というわけで、シド卿。今日も胸、貸してもらいますよ？」

「ああ、全力で来い。吐いた血反吐の量だけ、お前達は強くなる」

シドはそう言って、にやりと笑って。

いつものように徒手空拳で深く、低く構える。

そして——

「ぅおおおおおおおおおおお——っ！」

「いいいやぁあああああああ——ッ！」

「はぁああああああああああああ——ッ！」

シドを四方八方から、二年従騎士(セカンド・スクワイア)達が一斉にシドへと襲いかかるのであった──

──。


地面が真っ赤に燃え上がり、影がどこまでも伸びていく夕暮れ時。

カァ……カァ……頭上を行く鴉(からす)の鳴き声が、もの寂しく辺りに残響する中。

本日のブリーツェ学級(クラス)の教練時間は、終わりを告げた。


「「「………………」」」


二年従騎士(セカンド・スクワイア)達も、一年従騎士(ファースト・スクワイア)達も、皆、本日の厳しい訓練メニューで疲れきり、まるで燃え尽きたように、ぐったりと地面に倒れ伏していた。

「はぁ……ッ！　はぁ……ッ！　ぜぇ……ぜぇ……ッ！」

ただ、アルヴィンだけが、両膝をつき、ぐったりと突っ伏しているものの、辛(かろ)うじて意識を保っている。

それは最早、王族の意地というのもあるが。

「やっぱり、お前はウィルの天才だ、アルヴィン」

ぱさ、と。

アルヴィンの傍(そば)に立ったシドが、アルヴィンの頭にタオルをかけた。

「お前のウィルには無駄がなく、非常に効率的だ。ゆえに疲れにくく、マナや体力の回復が早い」

「そ、そう……でしょうか……？」

「ああ。一戦の持久力(スタミナ)は、クリストファーの方が上だが……要所要所で息を抜くタイミングがある超長期戦では、お前の方が上だな。

もし、戦争をやるんだとしたら……ある意味、お前が一番強い」

「あ、ありがとう……ハァ、ハァ、……ござい、ま……けほっこほっ……」

シドの賞讃(しょうさん)が嬉(うれ)しかったが、アルヴィンはまともに返答できなかった。

「まぁ……徒歩(かち)白兵、決闘、会戦、馬上槍試合(トーナメント)、奇襲……状況ごとに様々な〝最強〟が存在するから、誰が一番強いかなんて議論するのは、実はあんま意味ないけどな。

それをさっ引いたとしても……」

ちらり、と。

気を失って倒れ伏す二年従騎士(セカンド・スクワイア)達を一人一人見回しながら、シドは感慨深げに言った。

「わずか短い間に、お前達は本当に強くなった」

「そ、そうでしょうか？　僕達……今日も、シド卿に剣を抜かせることができなかったんですが……」

アルヴィンがシドの腰の後ろに差してある黒曜鉄の剣を見やる。

「何、問題ない。そのうち必ずその日はやって来る。そして、死人の俺に成長はないが、生きてるお前達はまだまだ強くなれる。この分なら、俺がお役御免になる日はそう遠くないかもしれない」

「シド卿……」

「テンコとかには言うなよ？　案外、あいつ、わりとすぐ調子乗るから」

「あ、あははは……あの子はただ、シド卿に褒められるのが嬉し過ぎて、舞い上がっちゃうだけですよ」

アルヴィンは、最近、シドの前では無意識のうちに尻尾をパタパタさせている貴尾人の親友のすまし顔を思い浮かべて、くすくす笑う。

そして、その周囲の光景を、まるで尊いものであるかのように改めて見つめる。

そんなアルヴィンの様子に気付いたシドが言葉をかけた。

「どうした？　嬉しそうだな？　笑みが零れているぜ？」

「え？　あ、はい……わかっちゃいますか」

すると、アルヴィンは気恥ずかしそうに頬をかいた。

「シド卿の言う通り……僕、嬉しいんです」

「…………」

「僕は、本当は女の子なのに……男として、将来、王となることを運命づけられて……ただでさえ逆境なのに、騎士団は弱体化し、三大公爵家の協力は得られず、宮廷での力はどんどん制限されて。

父上が御崩御なされた時、一体、この国をどうやって守ればいいのか、本当にわからなくて……ただただ不安で……一人で密かに泣いてばかりでした」

「…………」

「でも、歯を食いしばって、ほんの一歩ずつでもいいから強くなる……そう思って……父上の遺言通りブリーツェ学級を作って……

そして、掛け替えのない仲間達を得て、シド卿に出会えて……一緒に、色んな困難をがんばって乗り越えて……やっと……ここまで来た……」

「…………」

「僕が弱小王家の王子だと知って、なお、この学級に入学することを……僕についてきてくれることを決意してくれた、ユノら後輩達……

未だ、学級間の派閥軋轢は激しいけど……ルイーゼやヨハン、オリヴィア……派閥を超えて手を取り合えるかもしれない人達……

それに、最近は国の上層部にも、僕を認めて王家に協力してくれる者達も少しずつ増えてきて……民も段々と僕を支持してくれるようになってきて……

北の魔国、周辺諸国、国内治安、妖魔の隆盛……様々な問題は未だ山積みですが、少しだけ明るい未来が……希望が見えてきた……そんな気がするんです」

「…………」

「なんだか、シド卿が僕の元にやって来てくれてから、全部が上手く回り始めた……そんな気がします。あはは、全部、シド卿のお陰ですね」

すると。

今まで、ずっと聞きに回っていたシドが不意に口を開いた。

「それは違う、アルヴィン」

「シド卿？」

「騎士には何かを成す力はない。騎士とは王の力であり、王が望む道を、王の代わりに敷くのが役目だ。

俺がやって来たことで、全てが上手く回り始めた……そう思えるのであれば。

それは全て、お前の意志と決断と行動の賜物だということだ。胸を張って誇れ」

そんなシドの言葉に。

アルヴィンは一瞬、うるっと瞳を潤ませて。

「本当に……この時代で、シド卿と会えて……良かった……」

ふと俯いて、そんなことをボソリと呟くのであった。

幼い頃から、父親に聞かされ続けて来た物語の中の憧れの騎士。

物語の中のシドは、いつだって強くて格好良くて、騎士の中の騎士、最高の騎士で。

シドに会うずっと前から、アルヴィンは、そんな物語の中のシドへ恋していた。

そんなシドを、王として自分の騎士に迎えることを、ずっと夢見ていた。

だが、その幼い子供の夢と願いは、奇跡的に叶いつつある。

それだけに……一つだけ残念なことがあった。

「ねぇ、シド卿」

「なんだ？」

「シド卿は……本当に今度の聖霊降臨祭の……天騎士決定戦に参加しないんですか？」

「ああ、出ない。興味ない」

アルヴィンの問いに、シドは肩を竦（すく）めて即答した。

聖霊降臨祭とは、年明けの春先に王国を挙げて行うお祭であり、伝統行事だ。

今年一年の安息と平和を、光の妖精神（エクレール）に祈るというもので、その伝統的な式典の一つに天騎士（シュバリエ）決定戦と呼ばれるものが存在する。

光の妖精神（エクレール）の加護を受けたる騎士達が、その光の妖精神（エクレール）の御前で正々堂々と勝敗を競い合い、光の妖精神（エクレール）にその〝武〟を奉納するという趣旨の伝統儀式試合である。

そして、その試合の優勝者には向こう一年、天騎士（シュバリエ・ワン）という称号が与えられる。

それは名実共に、王国最強の騎士の証（あかし）であり、王国騎士最高の名誉だ。

王国の内外に、その者こそ王国随一の騎士、王国を代表する名誉騎士であると公的に宣言するような称号であり、王国の騎士達は毎年、この天騎士（シュバリエ・ワン）の座をかけて、熱く激しく己が武技と妖精魔法を競い合うのだが。

シドは、その名誉ある天騎士（シュバリエ・ワン）にまったく興味がないようであった。

以前から何度、アルヴィンが聞いても、シドの答えは変わらない。

「……理由を聞いても？」

「ああ。王国最強最高の騎士の称号といっても、〝最強〟と〝最高〟の定義は、状況で変わる。ゆえに俺は、その称号にあんま価値を感じない。

そもそも、天騎士（シュバリエ・ワン）は王国の〝顔〟だ。必定、役割や仕事が増える。

そんなことにかまけている暇があったら、少しでもお前達を伸ばしてやりたい……そっちの方が余程、価値を感じる。それだけさ」

「あはは、シド卿らしいですね」

こんなシドの言葉を聞いたら、王国古参の騎士達はカンカンに怒るだろうなぁと、アルヴィンはぼんやり思うのであった。

「それにまぁ……どっちみち今は無理だろ。今、俺が参加したら、色々拙（まず）い」

「う……」

シドの言わんとしていることを察し、アルヴィンが嘆息する。

伝説時代最強の騎士《野蛮人》シド＝ブリーツェ。

その武と勇が広く知れ渡った今、良くも悪くも、その影響力は絶大だ。

ただでさえ、王家に反発する三大公爵家は、アルヴィンが抱えるシドを、もの凄（すご）く警戒しているのだ。その一挙手一投足にビクビクしているのだ。

そんな状況で、もしシドが天騎士（シュバリエ・ワン）となってしまったら、シドが王国内に発揮する影響力は、ますます強大なものになる。

そうなれば、そんなシドを擁するアルヴィンの力を恐れるあまり、三大公爵家が極端な行動に出かねない。本格的に国が割れかねない。

色々問題はあるが、今はまだ三大公爵家がないと国防や国家運営が傾きかねない。

現状が一応の安定を見せている以上、余計な刺激を与える真似（まね）は控えるべき……それがシドの判断だ。

こう見えてシドは、ただ優れた武人というだけでなく、政治的感覚もあるのである。

「しかし、アルヴィン。どうしてお前はそんなに、俺を天騎士（シュバリエ・ワン）決定戦へ出場させたがるんだ？　本当はお前だって、今は拙いってわかってるだろう？」

どこか興味深げに、シドが聞いてくる。

「そ、それは……」

思わず、言葉に詰まってしまうアルヴィン。

改めて、その理由を問われれば……本当になんでもないことだからだ。

幼い頃からずっと憧れていたシド。

そして、今は自分の騎士となってくれたシド。

だったら、自分に仕えてくれる騎士が、自他共に認める王国最高の騎士であって欲しい
……要するに、ただそんな一人の恋する乙女の可愛（かわい）らしい我が儘（まま）である。

「な、なんでもないです……あは、あはは……」

誤魔化すしかないアルヴィン。

「？」

小首を傾げるシド。

「さて、そろそろ上がらなきゃ。皆を起こしますね」

そんなシドを促し、アルヴィンが立ち上がった。

「とにかく、僕は本当にシド卿に感謝してるんです。シド卿が僕の傍にいてくれれば……何もかも上手くいく……この王国の明るい未来を信じられるんです」

「………………」

「これからも、どうかよろしくお願いします、シド卿」

そう言って、アルヴィン達は倒れ伏す学友達の元へ歩いて行くのであった。

シドは、そんなアルヴィンの背をぼんやりと見送って、呟いた。

「何もかも上手くいく、か……」

ふと、シドは頭上を見上げる。

夕焼け空に、多くの鳥の影が映っている。

西から東へ向かって、飛んで行っている。

あの鳥の名は、ライノ鳥。主要な生息地は大陸の西側。大陸東西の渡りをすることでも知られているが、この時期にこの場所で見られることは通常ない……何らかの要因によって、生息地を追いやられることがない限りは。

そして、伝説時代、シドにとってあの鳥は、いつだって騒乱の幕開けを告げる凶兆だった。

シドは、そんな不吉なライノ鳥を見つめながら、しばらく押し黙って。

やがて。

「嵐が来るな」

そんな風に、誰へともなく、ボソリと呟くのであった。

————。

——果たして、シドの予言通り。

後日、とある一人の男が、キャルバニア王国に姿を現す。

それによって、王国は風雲急を告げることになる——

# 第二章　風雲急

「王子ッ！　アルヴィン王子ぃいいいい――ッ！　一大事ですぞぉおおお――ッ！」

それは、とある日の昼下がりであった。

いつものように、アルヴィン達ブリーツェ学級（クラス）は、シドの指導の下、立派な騎士となるべく訓練場にて壮絶な訓練を行っていた。

そんな時、宮廷に務める大臣の一人が、血相を変えてやって来たのだ。

そして、衝撃の一報を告げる――

――――。

「ドラグニール帝国からの使者だって⁉」

「……は、はっ！」

自室で身支度を調えたアルヴィンは、恐縮する大臣から事情を聞きつつ、城内の廊下を足早に歩いていた。

自分の護衛騎士としてシド、世話役従者としてのテンコを伴い、キャルバニア城上層階にある謁見の間へと向かっていく。

「そのドラグニール皇帝陛下からの使者を名乗る男は、こちらの制止も聞かず、もう謁見の間まで強引にやって来ております。

あのような無礼極まりない男、即刻、捕えて首を刎ねてやりたい所ですが……何分、相手はあのドラグニール帝国……無下に扱うわけにもいかず……」

「うん、そうだね、わかってる。皆、ご苦労」

謁見の間へと急ぎながら、アルヴィンは苦々しい思いを抑えきれない。

「ドラグニール帝国……って、なんですか？」

テンコが深刻そうな真顔で、そう呟くと。

「今、この大陸の西方域を牛耳っている、軍事大国だ」

対し、シドが答えた。

「俺もこの時代の情勢を知ろうと、王城の資料室でざっとかじった程度だがな。キャルバニア王国のおよそ三倍もの領土を持つ帝政国家らしい。

なんつーか、伝説時代、何かと因縁つけて、俺達に喧嘩吹っかけてきたあの未開の蛮族どもが、千年の間に随分と大層な国を作り上げたもんだと感心している」

「ほ、ほう？」

「まぁ、それはさておき。件の帝国の主政策は典型的な中央集権・富国強兵帝国主義。昨今の北の魔国や妖魔勢力に対抗するため、真に強い国が世界を統一支配すべきという御旗を掲げ、周辺の弱小国を次々と武力制圧、併合し、領土拡大を続けている。

ったく、そういうとこ連中の野蛮な気質は、伝説時代から何も変わってないな」

「へぇ……そうだったんですね！　師匠って物知りですね！　さすが！」

テンコが、笑顔でシドを持ち上げるが。

「なぁ、アルヴィン？」

「はい……剣ばかりやらせ過ぎたと、少し反省してます」

ジト目のシドに、アルヴィンは深く嘆息するのであった。

「でも、どうしてこの時期に使者が？　帝国とは、先王が同盟条約を結び、定期的に首脳会談を開くことになっていますが、その時期にはまだ早い……」

「きな臭いな」

不安げなアルヴィンに、シドが言った。

「油断だけはしないことだ。対応を間違えれば、王国の一大事だからな」

「……わかってます」

神妙な顔でそう頷いて。

キャルバニア城上層階・謁見の間に辿り着いたアルヴィンは、両開きの扉をそっと押し、入室するのであった──


「いい加減にしてください！　いかな大国の使者といえど、そのような無礼と横暴が許されると思っているのですか⁉」

入室一番、アルヴィン達の耳に飛び込んで来たのは、王国の政務を王に代わって執り行う最高執政官、《湖畔の乙女》の長イザベラの怒声だった。

大広間のような豪奢な謁見の間内には、奥の玉座に向かって赤絨毯が敷かれ、その左右の脇に、王国の政務を担当する各大臣や、三大公爵達が揃い踏みしている。

そして、その帝国からの使者らしき男は、階段数段の上にある奥の玉座──なんと、本来、アルヴィンが座るべき席に腰かけていた。

しかも、素顔を隠すマントフードを脱がずに足を組み、肘掛けに肘をついて頬杖をついているような、呆れるほどの態度の悪さである。

そして、そんな使者の男の周囲を護衛らしい数名の騎士達が固めている。

黒と赤を基調とした鎧とマントが特徴的な彼らの姿は、皇室直属のインペリアル騎士団のものだ。

「いいから、早くそこから降りなさい！　これは重大な外交問題ですよ⁉」

当然、筋と作法にうるさいイザベラは、相手が大国の使者であることを踏まえても、それを許すことはできず、顔を真っ赤にして使者を叱責している。

「ふん。貴様のような下郎のために、わざわざ披露する名も尊顔も、俺にはない」

だが、当の使者は何処吹く風だ。

イザベラの叱責を余裕をもって、さらりと受け流している。

「そもそも席次とは、それに相応しき格の者が、相応しき場所に座るものだろう？　ならば、これで合っているではないか。何がそんなに不服だ？」

「あ、貴方は……ッ！」

まったく悪びれもしない使者に、イザベラの怒りも頂点に達しかける。

その時だ。

「イザベラ！」

アルヴィンの上げた声に、イザベラが初めてアルヴィンの到着に気付いたとばかりに、はっとして、言葉を噤む。

「良い。構わぬ。遥か西国から、はるばる足労されたのだ。最敬礼でもてなしてこそ、筋というもの」

そして、アルヴィンは使者を名乗る男へズカズカと歩み寄り、正面から真っ直ぐ、毅然と睨み付ける。

「玉座の心地は如何でしたかな？」

「ああ、とても良いぞ、気に入った」

「喜んでいただけたようで何よりだ。それは余の趣向であり、戯れである。

だが、ここまでだ。これ以上は許さない。我が国を侮辱するならば、王家の威信にかけて、この場で貴方を討とう。そなたの祖国にその素首を届けよう。返答やいかに？」

「ククク、なるほど。俺の無礼を呑み込んだ上で、王の誇りと覚悟を通すか。三大公爵どもに転がされる傀儡と聞いていたが……なかなか人物じゃないか？」

すると。

使者の男は席を立ち、アルヴィンの前までやって来る。

跪くことはなく、あくまで対等な立場としてアルヴィンを真っ直ぐ睨み付ける。

場に凄まじい緊張感が高まる中。

使者はアルヴィンを値踏みするように眺めながら言った。

「気に入ったぞ、アルヴィン王子」

その瞬間だった。

「!?」

ぞわり……アルヴィンは何か得体の知れない悪寒に震える。

その感覚は、一体、なんと形容すべきだっただろうか？

たとえるならば、捕食者に睨まれた獲物が感じるような生理的な恐怖と危機感か。

そして、戸惑うアルヴィン達の見ている前で、その使者男は顔の上半分を覆い隠すマントフードをゆっくりと脱ぎ、その相貌を明らかにした。

「「「……なっ⁉」」」

それを見た誰もが、絶句する。

アルヴィンも、その使者が露わにした顔を見て、目を丸くして驚愕する。

獅子の鬣のような明るい金髪の、精悍な美丈夫だ。

年齢感はアルヴィンより数年ほど歳上……およそ二十歳過ぎほどであるが、貫禄が年齢を遥かに超えており、覇者の風格を否応(いやおう)なく醸(かも)し出している。

アルヴィンは、そんな青年に見覚えがあった。

以前、帝国と王国が合同軍事訓練を行った際、一度会ったことがあったのだ。

彼の名は──

「そんな……まさか⁉　貴公はウォルフ＝ノル＝ドラグニール皇子殿下ッ⁉」

西の大国ドラグニール帝国の皇位継承候補第一位。

病床に伏せる実父たる皇帝に代わり、国内の政務を全て牛耳り、帝国主義政策を強引に推進する武断派の最右翼にて、ドラグニール帝国の事実上のトップ……《金狼皇子》ウォルフその人だったのである。

「馬鹿な……なぜ、貴方が……ッ⁉」

「言っただろう？　俺は使者だと」

さすがに動揺と困惑を隠せないアルヴィンへ、ウォルフはニヤリと不敵に笑った。

「さっそく会談を始めよう、王子。無論、議題は我が帝国とそなたの王国……二つの国の未来について、だ」

今、ここに、王国は壮絶な混沌(こんとん)の嵐に巻き込まれることになるのであった──

――。


キャルバニア王国の王家直轄領の西方に、ラングリッサ砦という砦が存在する。

南北に連なる山脈の狭間という天然要塞の中に築かれた巨大かつ堅牢な砦であり、聳え立つ大城壁の存在も合間って、非常に守るに易く、攻めに難い要地。

王国東西公路の重要関所であり、王家直轄領西方の守りの要所だ。

そんなラングリッサ砦の城壁上に築かれた見張り塔にて。

「ふぁ……暇だなぁ……」

まだ冬の残滓を感じさせる寒々とした空の下、見張り番の王国兵士、アイクは欠伸交じりにそう零した。

「おいおい、気を抜き過ぎだぞ、アイク」

隣の同僚のロイが、そんな気の抜けきったアイクをとがめる。

「ここの守りがいかに重要なのか、王国兵士ならわかるだろ？　もし、隣の帝国が攻めてきたら、ここは最後の防衛線なんだからな？」

「わかっちゃいるが、どうせ何も起きやしねーよ……」

　再び、欠伸を零しながらアイク。

「だって、帝国とは、我らが先王様が不可侵条約と軍事同盟を結んだんだろ？」

「それはそうだが……」

「なら、さすがの帝国も無茶はしねーよ。それより、どうせなら俺は北方を守りたかったぜ。あっちはいつだって、魔国や妖魔達の脅威にさらされているからな。俺はこの国を守るために兵士になったわけで、こんな所で暇するために……」

　と、アイクがそんな風に愛国心を燃やしていた、その時だった。

「ちょ、ちょっと待て……あれはなんだ……？」

　ロイが身を乗り出して、地平の彼方（かなた）を指差す。

「ん？　どうした？　ったく、何をそんなに血相を変えて……」

　アイクが望遠鏡を取り出し、ロイが指差した方向を覗（のぞ）き込む。

　すると。

　覗き込んだ望遠鏡のレンズには信じがたい光景が映し出されていた。

「なぁっ⁉　こ、こんなバカな……ッ⁉」

　それは——軍勢だった。

　もの凄（すご）い数の兵士や騎士達が、地平の彼方を埋め尽くすような勢いで、ラングリッサ砦に向かって淡々と進軍中だったのである。

「あの旗は、ドラグニール帝国の正規軍⁉　どういうことだよ⁉　なんでドラグニールの正規軍がこんな場所に⁉」

「そんなの決まってるだろう！　帝国が王国に攻め込んできたんだ……ッ！」

「それこそ馬鹿な！　帝国と王国は不可侵条約を結んで同盟中なんだぞ⁉」

「そんなこと、俺も知らん！　とにかく一刻も早く隊長に伝えなければ……ッ！」

ロイが急いで、見張り塔から下りようとする。

「ここは守るに堅き立地！　籠城に徹すれば、そう簡単に墜ちることは……ッ！」

と、その時だった。

「ちょっと待て……なんだありゃ……？　冗談だろ……？」

望遠鏡を覗き込み続けるアイクが、絶望に震える声で呟いた。

「お、終わりだ……俺達は……この砦は終わりだ……」

「ど、どうした、アイク……一体、何が見えた……ッ⁉」

「ロイ。この望遠鏡が《湖畔の乙女》の魔法道具だということは知ってるよな……？」

「あ、ああ……そうだが……」

「そして、この望遠鏡は敵軍の妖精剣の数を感知できる……そうだな……？」

「それも知ってる！　だから、それがどうした⁉」

要領がわからず、声を荒らげるロイに、アイクが告げた。

「あいつら……全員、持ってる」

「は？」

「騎士だけじゃない……末端の兵士に至るまで全員、持ってるんだよ……ッ！　妖精剣を……ッ！」

ばさばさ、ばさばさ……

呆然とする兵士達の頭上を、ライノ鳥が悠然と通り過ぎていくのであった――

――――。

一方、その頃――

「それは一体、どういう意味だ、ウォルフ皇子殿下」

アルヴィンの堅い声が響き渡る。

謁見の間から場所を移して、そこはキャルバニア城内に設けられた会談室。

豪奢な長テーブルを挟んで相対するアルヴィンとウォルフ。

今、そこには一触即発の空気が張り詰めていた。

その原因は、ウォルフがやって来るなり突きつけてきた〝通達〟。

その信じられない内容に、この会談に立ち会う大臣達やイザベラすらも真っ青になって閉口し、政に疎いテンコですら衝撃に口をパクパクさせている。

「……ふむ」

ただ、シドだけがアルヴィンの傍らで、ことの成り行きを静かに見守っている。

そして。

「ふん。これほどわかりやすく簡潔に通達したというのに、なぜ理解できない？　アルヴィン王子。聡明な貴殿らしくもないぞ」

アルヴィンの鋭い視線を悠然と受け、ウォルフが不敵に笑いながら言った。

「もう一度、一から通達すればよろしいか？」

「いや、結構だ。僕が言っているのは、そういうことじゃない。その意図だ」

アルヴィンが余裕のウォルフをさらに鋭く睨み付けて言った。

「貴殿の諸々の通達を総括すれば、こうだ……〝属国になれ〟。いきなり藪から棒にどういうことだと聞いているんだ」

「だから、そのままの意味だ」

ウォルフがくっくと肩で笑う。

「本日を以て、キャルバニア王国は、ドラグニール帝国を宗主国とし、キャルバニア王家はドラグニール皇室に絶対の服従と忠誠を誓い、我らが帝国の傘下に入る。王国は、帝国が管理統治する……それだけの話だと言っている。

俺の言葉は、皇帝の言葉であり、ひいては帝国全土の総意だ。

何、安心するがいい。現王国上層部も、王家も悪いようにはしない。貴殿らに相応しい役職を用意しよう――」

「そんな馬鹿な話があるか！」

だん！　アルヴィンが思わずテーブルを叩く。

「一国家の主権を、まるまる握らせろなどというふざけた要求、いくらなんでも、そんなものを呑めるはずがないだろう⁉」

「わかってないな、アルヴィン王子。これはこの世界の未来のために、絶対必要なことなのだ」

ウォルフが立ち上がって蕩々と語り始めた。

「ご存じの通り、この世界は今、緩慢な滅びの危機に向かっている。そうだ、北の魔国ダダクネシアの名に、アルヴィンが押し黙る。

「かつて、その地に存在した『魔王』の呪いのため、年中雪と氷に閉ざされた魔国ダクネシア……未だ人の住める土地ではないが、オープス暗黒教団の暗黒騎士団にはまったく関係がない。連中はその旧魔国領を拠点に、着々とその戦力を増強しつつある。

そして、この大陸の各地で暗躍、暗闘を繰り広げている。その邪悪な活動は、王子もよくご存じのはずだろう？」

「……ッ！」

ウォルフの言う通り、オープス暗黒教団の活動を挙げれば枚挙にいとまがない。

この王都キャルバニアも滅ぼされかけたし、テンコの故郷——天華月国だって、暗黒教団の手によって呆気なく滅ぼされてしまったのだ。

そして、似たようなケースは、世界中のどこにでもある。

「噂によれば、オープス暗黒教団は、かつて聖王アルスルによって滅ぼされた魔王を再臨させようと画策しているらしい。かの魔王の後継者がすでにいるというのだ」

「なんだって……ッ⁉」

「……ッ⁉」

クネシアの存在だ」

「このままでは、新たな魔王が台頭するのも時間の問題……もし、そうなれば、伝説時代に語られる通り、世界中を死と冬に巻き込む大戦争が起こるだろう。そうなってからでは遅いのだ」

ばっ！　とウォルフが手を振って、その場の一同を睥睨する。

「そうなる前に、北の魔国とオープス暗黒教団、魔王の後継者を滅ぼさねばならん。今こそ強き国、強き指導者の下、この大陸諸国が一丸となって、世界を脅かす巨悪に立ち向かわねばならないのだ。わかるだろう？　王子」

「だから……帝国の属国になれ、と？」

「そうだ」

我が意を得たりと、ウォルフが不敵に笑った。

「現在、我がドラグニール帝国こそが、この大陸最大最強の国家。そして、その帝国を牛耳る俺こそが世界の頂点。ならば、この世界の全てが俺の下に一つになるのが、合理的だろう？」

そう語るウォルフは自信に満ち溢れていて、世界がそうあるのが厳然たる正しい道なのだと信じて、何一つ疑っていない。

アルヴィンはしばらく唇を噛みながら、押し黙り……やがて、毅然と言った。

「御言葉だが、皇子殿下。貴方(あなた)にもの申したいことがある」

「なんだ？　発言を許す」

「同盟国とはいえ、内政干渉になるがゆえに、今までは強く言うことは叶(かな)わなかったが……貴方が強引に推進する世界統一政策は、まやかしだ」

「…………」

そんな強気なアルヴィンの発言に、ウォルフがぴくりと眉根を動かし、周囲の臣下達がざわりと騒ぐ。

「貴方は、強大な帝国の国力に任せて、周辺小国や豪族、氏族を強引に制圧併合し、帝国傘下に置いている。そう、彼らの故郷と誇りを、貴方は暴力で蔑(ないがし)ろにしているのだ」

「…………」

「世界には、様々な人種、民族、国家、文化、宗教が存在する。それらを力で押さえつけ、強引に一つにしたところで上手(うま)くいくはずもない。貴方は合理性を追求するあまり、人の感情を余りにも軽視している。

人が力と恐怖で押さえつければ、屈服するとお思いなら大間違いだ」

「…………」

「必要なのは、共存だ。互いの人種や文化の違いを否定せず、互いに認め合い、尊重し合う。手を取り合って協調する道を、妥協せず、根気強く探し続ける。それこそが、真の意味での世界統一だ。その人が手を取り合う最大単位が〝国家〟というものだ。決して一つの国の名、一人の指導者の下に纏まることが世界統一ではない。それはただの〝妥協〟だ」

「ふむ、温いな。俺と貴殿とでは、支配者としての価値観が違うらしい」

まったく動じない余裕のウォルフへ、アルヴィンがさらに続ける。

「それに、知っているぞ、ウォルフ皇子殿下。帝国の傘下になった国々が、今、いかなる扱いを受けているか」

「…………」

「貴殿が掲げる行き過ぎた富国強兵政策の弊害だ。隷属国の民は、宗主国たる帝国がかける法外な重税に苦しみ、若い働き手は悉く徴兵される。最早、日々の糧にも困る苦難に見舞われている。今、この瞬間、多くの無辜なる民が苦しみ喘いでいるのだ」

「だが、それが世界のためだ」

まったく揺るぎなくウォルフが返す。

「貴殿も王ならば、わかるだろう？　世界のために、小の犠牲を払う覚悟を固める……それが王の覚悟ではないか？」

「何が小の犠牲だ！」

　思わずアルヴィンが声を荒らげる。

「多くの弱き民が苦しむ犠牲が小のはずがない！　もっと、他の道を探すべきだ！　全てを力で支配する……そんな安直な思考放棄に頼る前に、もっと、もっと考えるべきこと、為すべき事があるはずだろう⁉　人々の上に立つ王として！」

「……ッ！」

　アルヴィンに一歩も退かない剣幕に、ここで初めてウォルフが表情を揺らした。

「とにかく、だ。貴方の通達には従わない。誇り高きキャルバニア王家の血を継ぐ者として、この王国の民を貧困と飢えで喘がせるような方策には断じて乗らない。お引き取り願おう、ウォルフ＝ノル＝ドラグニール皇子殿下」

「ほう？　それは、俺の力を……ドラグニール帝国の力を知っての発言か？　アルヴィン＝ノル＝キャルバニア王子殿下」

「当然だ。そも、貴殿の通達は、我が王国と聖王に連なる代々王家の始祖達の顔に泥を塗る、最低最悪の国辱行為だ。貴殿ほど傲岸不遜で無礼な男を、余は他に知らぬ。

　この身に受けた屈辱を濯ぐため、我が国が貴殿の国へ宣戦布告したとしても、国際世論は断じて余の味方をするだろう。それだけのことを貴殿は、帝国はやったのだ。

だが、余は敢えて水に流す。不問に処す。これ以上は許さぬ。これ以上の国辱は王国
されど、国家の威信と王家の名誉にかけて、五千の騎士と、五万の将兵が剣で語ろう」
が誇るキャルバニア妖精騎士団が五千の騎士と、五万の将兵が剣で語ろう」
そんなアルヴィンの毅然とした言葉に。

「「「…………ッ！」」」


その場の一同の緊張感は、最大級となった。

しばらくの間、息が詰まりそうな沈黙が、その場を重たく支配し続ける。

だが──

「くく……」

そんな重たい沈黙と張り詰めた空気を──

「ははは……はっはははははははははははははは──ッ！」

さも愉快げな高笑いが破る。

笑いを上げた主は、当然──ウォルフだ。

「ますます、気に入ったぞ、アルヴィン王子」

そう言って、ウォルフがアルヴィンを流し見る。

その瞬間だった。

「⁉」

ぞわり……さきほど感じた生理的な恐怖と危機感に、アルヴィンが再び震える。

アルヴィンが、まるで蛇に睨まれた蛙のような気分を必死に押し隠していると。

そんなアルヴィンを値踏みするかのように睨めつけながら、ウォルフは続けた。

「我が力、帝国の威を知って、媚びず、退かず、尚、民と己が誇りのために抗うか。その細き双肩で全てを背負う覚悟か。

ああ、良いぞ、アルヴィン王子。儚く気高く、美しき至高の花よ。

俺は貴殿のような者こそ欲しい。この俺の膝下に傅かせ、俺の物にしたい。貴殿には万の至宝にも勝る価値がある」

「なんだと……ッ⁉」

再三再四の忠告にもかかわらず、さらに侮辱を重ねてくるウォルフに、さすがのアルヴィンもそろそろ堪忍袋の緒が限界だった。

「な、なんなんですか……ッ！　あの男……ッ⁉」

アルヴィンの傍らに控えるテンコも、怒りで顔を真っ赤にして震えている。今にも腰の刀を衝動的に抜きそうになるのを必死に堪えている。

「…………」

ただ、シドだけが悠然と腕組みをして、その場の成り行きを静かに睥睨していると。

「これ以上の侮辱は許さぬ、と言ったぞ、ウォルフ皇子」

アルヴィンが冷たい目で立ち上がった。

「だから？　なんだ？」

「前言の撤回と謝罪を要求する」

「ほう？　拒否したら？　どうなる？」

「その時は――……」

どうもしない。

ただ、今後の国家間の付き合い方を考えつつ、粛々と丁重にお引き取り願うだけ。

これ以上の会談は時間の無駄だと判断したアルヴィンが、そう告げようとした……まさにその時だった。

突然、外の廊下から何者かが息せききって駆けてくる足音が近付いて来て。

「アルヴィン王子ッッッ！　一大事ですッッッ！」

ばぁん！　けたたましく扉を開かれる音と共に、一人の伝令と思しき騎士が、会談場に駆け込んでくる。

「何事だ!?　今は、貴賓との——……」

「ひゃ、百も承知です！　無礼の咎は後で如何様にも！　ですが、この一報だけは一刻も早くお伝えせねばと！　王国の一大事なのですッッッ！」

跪く騎士の様子は、恐怖と絶望に青ざめ、明らかに尋常ではなかった。

「な……」

硬直し、言葉を失うアルヴィンへ。

「構わぬ。報告を受けてやれ、王子」

ウォルフがどこか訳知り顔で、含み笑いを零している。

そんなウォルフに苦い視線をちらと零しつつ、アルヴィンは騎士に向き直った。

「良い。話せ」

「はっ！」

騎士は頷き、一度、呼吸を整えて……やがて、一気に申し上げげた。

「ラングリッサ砦が……西の守りの要所、ラングリッサ砦が……落ちましたッッッ！」

「「「……な……ッ⁉」」」

そんな報告に、アルヴィンはおろか、その場の大臣や騎士達全員が驚愕(きょうがく)に硬直する。

「そんな馬鹿な……ッ⁉　光の妖精神(エクレール)の加護厚きあの難攻不落の城塞を⁉　敵はどこだ……ッ⁉　一体、誰が……ッ⁉」

アルヴィンが騎士を問い詰めると、騎士は震える言葉で答えた。

「ドラグニール帝国……」

「……何……？」

「敵は、ドラグニール帝国のインペリアル騎士団(オーダー)ですッッッ！」

そんな騎士の信じられない報告に。

「……ふっ」

ウォルフが、ニヤリと不敵に、勝ち誇ったように笑うのであった。

「そんな……馬鹿な……」

「嘘(うそ)だ……」

「ラングリッサ砦が落ちるなんて……それでは……」

大臣達の動揺と困惑が、まるで毒のように空間に滲(し)み広がっていく。

繰り返すが、ラングリッサ砦は、西のドラグニール帝国に対する最後の防波堤だ。

過去、帝国と王国が小競り合いを続けた時代もあったが、いかなる帝国側の侵攻も堅固に防ぎきった王国最強の盾とも呼べる拠点だ。

逆に、ラングリッサ砦が破られれば、もうキャルバニア王国の王都まで、ロクな防衛拠点が存在せず、王都までほぼ素通しとなる。

つまり、ラングリッサ砦が落ちた時点で、キャルバニア王国は、ドラグニール帝国に敗北したのも同然なのである。

「ウォルフ皇子……ッ！」

謀られたと気付いた時にはもう遅い。

アルヴィンが、ウォルフを憤怒の目で睨み付けると、ウォルフは愉悦の笑みを返して見下ろしてくる。

「言ったろう？　〝王国は帝国を宗主国と崇める属国となる〟、と。戦とは始める前から終わっているものだ、アルヴィン王子」

「何を勝手な……ッ!?」

「王子、確かに貴殿の王の器は認めよう。貴殿は強く、気高く、美しい。

長ずれば、誰もが自然と貴殿の前に頭を垂れ、忠誠を尽くすだろう。貴殿の歩む道に、眩き光を見出すことだろう。貴殿は王の理想を体現する王だ。

だが、裏を返せば、貴殿は高嶺の園に咲き誇る美しき花に過ぎぬ。その美しさで様々な人を魅了し、引き寄せる。誰もが蝶よ花よと褒めやかす、否、そうされねば咲き誇れぬ儚き一輪の花。温室で大切に育てられ、愛でられる花……それが貴殿だ。

それも確かに一つの王の器、王の在り方ではあるが——この乱世においては無用。混沌の乱世に立つ王たる者は、すなわち己が周囲のありとあらゆるものを喰らい、呑み込み、血肉とする——食虫毒花でなければなぁ？」

「な……」

アルヴィンが絶句していると。

否、その場の誰もが絶句していると。

「なるほど」

その時、しん、と静まりかえる室内に、一人の男の声が響き渡った。

「それが、お前のやり方か、ウォルフ坊ちゃん。確かに用意周到だ。口だけでなく中々の傑物であることは間違いない」

「なんだ？　貴様は」

ウォルフの問いかけを無視して。

その男――シドは、室内のとある一角へと目を向ける。

「考えてみれば、妙な話だ。確かにラングリッツサ砦は西の防波堤、王都の喉元だが……その西方には、そもそも国境防衛の辺境公、アンサロー公爵領があるはずだ。

いくら帝国の侵攻が神速でも、アンサロー公配下の緑の騎士団からの報告がいち早く上がるはずだ。なのに、なぜ砦を守る王家常備軍の一般騎士から報告が先に上がる？

一体、緑の騎士団は一体、どこで何をしていた？　なぜ自身の領地をインペリアル騎士団に素通しさせた？」

「…………」

アンサロー公は無言。

「そもそもだ。デュランデ公の赤の騎士団が東の妖魔討伐のために東征し、オルトール公が北の魔国警戒のため北征し……常日頃、アルヴィンの足を引っ張ることしか考えてないお前達が珍しく気を利かせて、ちょうど王都が手薄になったタイミングでのこのラングリッツサ砦陥落だ。

はははは。ちょっと、筋書きがわざとらしくないか？　なぁ？」

「…………」

「…………」

対する、デュランデ公、オルトール公も無言。

「そもそも、ウォルフ坊ちゃんがやって来て以来、お前達、妙に大人しいな？　王家に代わって王国を牛耳りたいんだろう？　王国崩壊の危機だ。お前達のことだから、いつものように、もっとギャーギャー騒ぐところだろう？　どうした？」

そんな、シドの歯に衣着せぬ物言いに。

その場の大臣や騎士達が、にわかにざわめき始める。

「は？　……え？　ちょっと待て……」

「それって……まさか……」

「いや、馬鹿な……さすがにそんな……そんなわけが……」

動揺。困惑。猜疑。

様々な感情が、まるで毒のように空間を侵し始めていく。

そう。

シドが、珍しく持って回した言葉の裏に含んだ意味。

状況的に、もし、そうだとしたのなら……全ての辻褄が合ってしまうのだ。

「な……いや、待って……」

アルヴィンが真っ青になって、三大公爵達を縋るように見る。

「確かに、貴方達が王家を弱体化させて、自分達が王家に代わってこの国の実権を握りたいと考えていたのは知ってる……でも、いくらなんでも、祖国を敵に売り渡すような……そんな誇りなき真似をするような人では……」

ショックを隠しきれないアルヴィン。

相も変わらず無言を貫く三大公爵達。

そんな三大公爵達へ、シドが淡々と言った。

「俺達は仲間だ。同じ国の御旗を掲げ、同じ国の民を守り、この国の未来を描かんとする同志だ。思惑の違いや目指す場所の差こそあれど、そこだけには違いがなかったはず。弁明してくれ。デュランデ公、オルトール公、アンサロー公。

全ては無粋な《野蛮人》の邪推だと切り捨てて、一笑に付してくれ。俺に謝罪をさせてくれ。俺に……あいつらの子孫を軽蔑させないでくれ。頼む」

そんなシドの言葉に。

「…………」

「…………」

「…………」

デュランデ公、オルトール公、アンサロー公……キャルバニア王国の屋台骨たる三大公爵達は、最後まで無言を貫く。

「……残念だ」

シドが、無念そうに目を閉じて、息を静かに吐くのであった。

そして──

ざわ。ざわ。ざわ。

動揺と困惑がどうしようもないほどに渦巻く中。

「残念だが、アルヴィン王子」

これまで沈黙を保っていたデュランデ公が、静かに立ち上がった。

「これからの混沌と激動の時代……貴方のような貧弱な王では、この国の未来を描くことなどできはせぬ」

続いて、オルトール公も静かに立ち上がって言った。

「民を、世界を導くのは、より強き王、より強き指導者なのですよ」

さらに、アンサロー公も静かに立ち上がって続ける。アルヴィンに、ナイフのような言葉を突きつける。

「あなたのような、我々古参貴族を軽視し、《野蛮人》の力に任せて好き勝手やるような暴君に、これ以上、忠義を誓うのはうんざりなのです。

申し訳ございません。これも真にこの国の行く末と民を思えばこそ。

ゆえに、我々三大公爵家は、ドラグニール帝国のウォルフ皇子を主君として忠誠を誓うことに決めたのですよ」

「……なっ……」

絶句するアルヴィン。

絶句するイザベラにテンコ。

絶句する宮廷の大臣達に王家派の騎士達。

三大公爵家の離反と裏切り。その有り得ない事実に、予想だにしえない展開に、その場の一度の時間は完全に凍結してしまっていたのであった。

「どうだ？　理解したか？　アルヴィン王子。これが真なる王の器だ」

くくく、と勝ち誇ったように含み笑いをしながら、ウォルフが告げる。

「何も、カリスマを発揮して軍を率い、正面から敵と戦うだけが戦ではない。こうやって戦う前からすでに勝っている状況を作り出してこそ、常勝無敗の強き国、強き王だ。

お陰で、最小限の犠牲と被害で、王国を手中に収めるということができるもの——」

「「「貴様ぁあああああああああ——ッ！」」」

王家派の一般騎士十数名が、いきり立って一斉に剣を抜いた。義憤を漲らせ、ウォルフへ圧倒的な殺意を向ける。

彼らは妖精剣持ちではないが、それなりに鍛えられているし、ウォルフの周囲を固める護衛騎士の数と比べれば、二倍以上だ。

普通に考えれば、ウォルフは絶体絶命の状況である。

だが――

「ほう？　ここでやるのか？」

ウォルフは不敵に笑った。

「いいだろう、無礼にも、先に抜いたのは貴様らだ――」

対するウォルフが悠然と手を上げて。

ウォルフの周囲の護衛騎士達が、バラバラと剣を抜いた――その時だ。

「待て」

その時、そんな一触即発の場へ。

凄(すさ)まじき落雷音と閃光(せんこう)と共に、瞬時に割って入る者がいた。

その人物は、ウォルフへ左手を、王家派の騎士達に右手を向けて、完全に制する。

今の今まで静観に徹していたシドだ。

空気が裂けそうなほどの裂帛(れっぱく)の気迫で、いきり立つその場の気勢を見事に、完全に削(そ)いでいた。

「双方、落ち着け。こんなところでやり合ってもつまらん」

「……ッ⁉」

「こんな所で、そこのウォルフ坊ちゃんに傷一つでもつけてみろ。帝国に大義名分を与える良い口実(い)だ。

国と王家を思うその義憤と忠義は買うが、同時にそれらも焼き尽くす諸刃(もろは)ぞ。真に国を思えばこそ、それは心の鞘(さや)に納めろ」

ド正論のシドに、騎士達は悔しそうに押し黙るしかない。

「それに、だ」

シドがちらりと、ウォルフの方を振り返る。

「俺が止めなかったら、お前達、皆殺しにされていたところだぜ」

いつの間にか。

本当にいつの間にか……ウォルフを守るように、新たな騎士が現れていた。

白の全身鎧と白のマントを纏う騎士だ。他の帝国の騎士達とは装いがまったく違う。

その白い騎士のフルフェイス兜のバイザーの奥からは、鋭い覇気に満ちた瞳が、ギラギラと輝いている。

そして——何よりも、その白い騎士が纏う存在感と迫力に。

場の空気が一気に重くなる。

ビリビリと肌が痺れ、シドを除いたその場に対峙する誰もが息苦しくなり、背筋を猛烈な寒気に震わせ、ガタガタと震えて膝が折って、へたり込む。

誰もが痛感する。魂で悟る。

勝てない。勝てる気がしない。あの騎士に剣を向けた瞬間、自分達ごときは瞬きする間もなく瞬殺されるのだと——

「あ、あいつは……あの騎士は……ッ！」

同じく震えながらも、意地で膝を折らず二の足で立ち続けるテンコが叫んだ。

「し、師匠と同じです……ッ！　間違いありません……ッ！　この感覚は……伝説時代の……あるいは、それクラスの騎士です……ッ！」

「「「……なぁ……ッ!?」」」

その場を駆け抜ける、衝撃と絶望。

そして、そんなテンコの言葉を肯定するように。

「…………」

あのシドが無言で、体勢を半身に深く低く構え……腰の後ろに差してある黒曜鉄の剣の柄に、手を触れるか触れないかの位置で止めている。

つまり、その謎の白い騎士を最大レベルで警戒して、身構えているのである。

アルヴィンを背に庇うシド。

ウォルフの前に威風堂々佇む謎の白い騎士。

二人の視線がぶつかり合い、場の張り詰めたような重圧が指数関数的に上昇していく。

「貴殿の主君に対するこちらの無礼は謝罪しよう。だが、退け。お前が抜かなければ、俺も抜かん」

謎の白い騎士へ、鋭く警告するシド。

だが、その謎の白い騎士はその言葉が聞こえたのか、聞く気がないのか。

くすっ。仮面の奥で、笑う雰囲気を見せて。

その騎士は一言も発せず……ゆっくりと……腰の剣に手を伸ばしていって――

その場の緊張と張り詰めた空気が、限界を突破しようとした――まさにその時。

「良い。下がれ、白騎士」

そんなウォルフの言葉に。

白騎士と呼ばれた謎の騎士は、その発する重圧をあっさり解き、後ろへ下がるのであった。

途端、弛緩する場の空気。

「………………」

シドも、警戒と構えを解き、恭しく下がる白騎士を黙って見送った。

そんな、万死に一生を得て弛緩する一同を睥睨し、ウォルフは言った。

「なるほど、その男が噂の《野蛮人》か。さすがアルヴィン王子、なかなかの騎士を飼っているな？　まぁ、俺の白騎士ほどではないが」

「ウォルフ皇子……ッ！　貴方の背後にいるその騎士は何者だ……ッ⁉」

アルヴィンは額にびっしりと冷や汗を浮かべながらも、辛うじて毅然とした態度を崩さずに問う。

「何を驚くことがある？　貴殿程度の器でも、その程度の騎士を配下にすることができるのだ。ならば、俺の器ならば、それ以上の騎士を配下にできて当然だろう？」

「くっ……」

どこまでも上からものを語るウォルフに、アルヴィンは歯噛みするしかない。

「さて、改めて状況を整理しようか」

そんな恨みがましい目を向けてくるアルヴィンへ、ウォルフは淡々と告げた。

「知っての通り、王国の西の要所、王国の喉元であるラングリッサ砦は、我が帝国のインペリアル騎士団がすでに制圧した。

王国の三本柱——三大公爵家は我が軍門に下り、王国主力の妖精騎士団の大半が、王都を遠く離れた場所に遠征中だ。

そして、ここには、貴殿の頼みの《野蛮人》を遥かに上回る世界最高の騎士がいる。

つまり、貴殿を守るものは最早、ない。貴殿は丸裸なのだ、アルヴィン王子」

「…………ッ！」

「斯様な状況を踏まえて改めて問おう。アルヴィン王子、我が軍門に下れ。我が膝下に跪き、我が覇道を成し遂げる我が手足の一本となれ。返答やいかに？」

そんなウォルフの問い。

アルヴィンはしばらくの間、目を閉じて……何かを決意したように言った。

「……断る……ッ！」

「！」

「確かに貴殿の言うことに義はないが一理はある。世界の未来を真に思えば、もっとも強き支配者の下に、全てが一つに統一されるべきなのかもしれない。だけど、余はキャルバニア王国を守る王として！　明日のために、今日を必死に生きる民を蔑ろにすることはできないッ！

他に方法があるはずだ！　そんな安直な近道と妥協は、王として断じてできない！」

意外だったのか、目を瞬かせるウォルフを、アルヴィンは睨み付ける。

「ウォルフ皇子。余は貴殿には従わぬ。決して貴殿のものにはならぬ。もし、この国が欲しいのであれば……この場で余を討ち取るしかないぞ……ッ！」

それは、まさに決死の覚悟だった。

シドと白騎士が互角であり、三大公爵家が敵に回った以上、アルヴィンの周りは敵だらけだ。戦うことはおろか、逃げることだってできない。

この状況でウォルフにそう吹っかけるということは、最早、死を意味するのだ。

案の定、三大公爵達がニヤリと笑い、合図を送って、己が配下の妖精騎士達を呼び寄せる。

会談室に雪崩れ込んで来る二十以上の妖精騎士達。当然、全員が妖精剣持ち。妖精剣を持たない王家派の一般騎士では手も足もでない。

　逃げ場はなくなった。

「あ、アルヴィン……ッ！」

「テンコ。こんなことになって……ごめん」

　アルヴィンが不安げなテンコへ呟く。

「僕はここまでみたいだ。これはケジメの問題。これから王国の民は、長きにわたって艱難辛苦に見舞われる。民を守れなかった僕はおめおめと生きられない……それだけ」

「そ、そんなこと……ッ！」

　テンコが刀を抜きかけるが……

「王として命ず。抗せず、帝国に下れ。ここで余と共に死ぬことはない」

「──ッ⁉」

　そんなアルヴィンの命に、テンコが泣きそうな顔になる。

「アルヴィン──」

　シドが動こうとするも。

「…………」

　白騎士が、それを完全に抑え込む。

「ち──」

白騎士は、シドとて片手間に相手できる相手ではなかった。

アルヴィンのために動けば、たちまち背中を斬って捨てられるだろう。

そんな誰もがハラハラと見守る中。

アルヴィンが、細剣(レイピア)をすらりと抜いて……その剣先を床にざくりと突き立てた。

その柄頭(つかがしら)に両手を合わせて乗せ、そのまま威風堂々とウォルフを見据える。

「さぁ、好きにするがいい。余の命がある限り、この国は貴殿のものにはならぬぞ」

よくよく見れば、アルヴィンの手は微(かす)かに震えているが。

その真っ直(まっす)ぐな目だけは、微塵(みじん)も震えていなかった。

「なるほど……民のために、筋を通す覚悟は決めたということか」

デュランデ公がニヤリと笑って妖精剣を抜く。

「大層、ご立派なことですわ、王子様」

オルトール公も妖精剣を抜く。

「そのお覚悟に敬意を表し、楽に仕留めて差し上げましょう」

アンサロー公も妖精剣を抜く。

三大公爵達の妖精剣は当然、神霊位(アツィルト)。

つまり、シドを除けば、この王国内にて最強クラスの騎士である。

「…………」

最早、何も言うこともなく、アルヴィンが押し黙る。

そんな中、シドは苦悩の表情のイザベラへ目配せして、合図を送った。

（……イザベラ。わかってるな？）

（は、はい……）

何かを悟ったように、頷くイザベラ。

シドの目から見ても、白騎士の実力は凄まじい。自分と同等かそれ以上だ。

ゆえに、シドは白騎士に背中を斬られることを覚悟でアルヴィンを救い、イザベラに託して逃がそうと瞬時に覚悟を固めたのである。

（さて……すまんな、我が友アルスル。そっちに行ったら、好きなだけ俺を殴れ）

一瞬の隙を測るシド。

まさに、全てが激動のように動く――その寸前だった。

「ふっはははははははははははははははは――ッ！」

その場の致命的な気勢を削ぐような高笑いが響き渡った。

　他でもない、ウォルフのものだ。

「な……？」

　呆気(あっけ)に取られるアルヴィンに対し、ウォルフは歓喜の表情だ。

　まるで、子供の頃からずっと探していた宝物をやっと見つけた……そんな雰囲気だ。

「さすがだ、アルヴィン王子！　ますます俺の膝下に跪かせたくなった！　それに、このまま美しき花のままに手折(たお)り、我が覇道の歴史書を飾る栞(しおり)にするのもつまらん！　ゆえにチャンスをやろう！　ここは一つ、俺と貴殿で余興(ゲーム)をしようではないか！」

「……余興(ゲーム)だって？」

「そうだ。余興(ゲーム)だ。ここは一つ、俺と貴殿の、王としての器を神意に問おう」

　ウォルフが悠然とアルヴィンの下へやって来て、自分の顔をアルヴィンの顔へと近付ける。必死に睨め上げてくるアルヴィンを上から悠然と見下ろす。

「聞けば、そろそろこの国の伝統祭事……聖霊降臨祭が始まるそうだな？　そして、国の顔となる最高の騎士を決する、天騎士(シュバリエ・ワン)決定戦という聖霊御前試合が行われる」

「それが……どうしたというんだ？」

「その試合……俺の配下の騎士も参加させてもらおうか」

「「「……なっ⁉」」」

　呆気に取られる一同の前で、ウォルフが愉(たの)しそうに続ける。

「もし、光の妖精神(エクレール)の誓いの前で、お前の……王国の騎士が、俺の騎士を倒したその時は……俺は、お前とこの国を諦めよう。大人しく手を引いてやろう。

　だが、俺の騎士が、お前の騎士を全てを倒し、頂点に立ったその時は……アルヴィン、お前は俺に跪き、俺に忠誠を誓い、俺のものとなるのだ。

　どうだ？　この状況下でこの条件。受けぬ理由などないと思うが？」

　ウォルフの言う通りだった。

　すでに状況は詰めあがっている。

　ウォルフの隣にいる謎の白騎士が、この場を制しており、さらには、帝国軍がラングリッサ砦を押さえている。王国は完全に喉元に刃を当てられた状態だ。

　後は、アルヴィンをこの場で討ち取るなり、捕えて適当に罪をでっち上げ、民衆の面前で処刑するなり……それだけで、ウォルフはこの国を、まるまると手に入れることができてしまうのだ。

　わざわざ、そんな余興(ゲーム)をやる意味はまったくない。

　そんなアルヴィンの疑問に答えるように、ウォルフは蕩々(とうとう)と語り始めた。

「王の器とは何か？　それは即(すなわ)ち、王を支える騎士達の器に他ならない。より優れた騎士を従える王こそ、より優れたる王なのだ。

ならば、お前の騎士より俺の騎士の方が優れていることを、すなわち俺の器の方がお前の器より遥かに優れていることを、大いなる光の妖精神(エクレール)の前で証明しよう。

さすれば、格の違いを思い知ったお前も、俺に頭を下げる気にもなろう？　なぁ？」

「貴殿の騎士の参戦を認めない、と言ったら？」

「ならば、このまま普通に、貴殿とこの国を攻め滅ぼすまでよ」

そんな風に語るウォルフへ。

「わからない……」

アルヴィンは首を振った。

「なぜだ、ウォルフ皇子……なぜ、貴殿はそれほどに、余を跪かせることに拘(こだわ)るんだ？」

「言っただろう？　俺は貴様が気に入ったのだ……と」

ますます、アルヴィンはわからなかった。

確かに、戦勝国の王が、敗戦国の王の能力を買って己が配下に加えたりすることは、歴史を繙(ひもと)けばなくはない話である。

だが、アルヴィンはまだ、正式に王位を継承する前なのだ。

現在の実際の政務は、その大部分が《湖畔の乙女》の長イザベラが担(にな)っている。卓越した国政手腕を持っているのはあくまでイザベラであり、アルヴィンではない。

それにアルヴィンは騎士としても、まだまだ未熟だ。

ウォルフが白騎士のような怪物を配下にしている以上、騎士としてのアルヴィンに一目置くほどの価値などあるわけがない。

ここまで外堀を埋めておいて、ウォルフがアルヴィンに拘る意味が、まるでわからないのである。

(そもそも……)

アルヴィンは、ふと思った。

ウォルフが自分を見る目が……時折、何かおかしい気がするのだ。

何か違和感を覚えるのだ。

(あの目は……まるで、僕を〝男〟としてじゃなくて……)

ぞわり、と背筋に上る寒気を振り払うように。

アルヴィンは頭を振って、その可能性を否定した。

(違う！　そんなわけないじゃないか……ッ！　アレは、イザベラと、テンコと、シド卿以外誰も知らない……知るわけがない秘密なんだ……ッ！)

そう思い込まなければ。

怖くて、不安で、膝が崩れ落ちそうだった。

もし、本当にそうだとしたら、アルヴィンの全てが壊され、崩壊してしまう──

「…………」

アルヴィンが押し黙っていると。

「さて。返答はいかに？」

ウォルフが、悠然と問う。

実に卑怯極まりない、選択肢だ。

この国と民を救える一縷の糸をちらつかされれば。

国と民を一途に思うアルヴィンとしては、こう答えるしかない。

「わかった。その余興、受けよう。ウォルフ皇子」

アルヴィンが挑戦するように、鋭くウォルフを睨み付ける。

「ククク、よくぞ言った。だが、受ける以上、約定を守ってもらうぞ？　もし、お前の騎士が敗北したら……お前は俺の膝下に跪け」

「わかってる。聖王に連なる系譜、アルヴィン＝ノル＝キャルバニアの名に於いて、誓おう。だが、それはこっちの台詞でもあるぞ、ウォルフ皇子。

僕の騎士が勝ったその時は……貴殿はこの国から手を完全に引くのだ」

「ああ、わかってるさ。まぁ、有り得ないことだがな」

そんな風に睨み合って。

誰もがはらはらする中、二人の未来の王の謁見は終了するのであった——

# 第三章　傲慢なる狼

——その日。

ドラグニール帝国の王国侵略の一報は、王国中を走った。

こんな情報、どんな戒厳令を敷いても防ぎようがなかった。

たちまち、国中が、王都中が困惑と混乱に包まれていく——


「き、聞いたか……？」

「ああ……もう、帝国軍が目と鼻の先まで迫っているって……」

「き、騎士様達は一体、何をやっているんだ……ッ!?」

「じ、実は……三大公爵様達が、我が身可愛さに皆この国を裏切って、帝国側についたらしいぞ……ッ!?」

「そんな……なんてことを……」

「それよりも、帝国の属国になったら、酷い兵役や重税が課せられるらしい……まるで宗主国を支える奴隷のような扱いだとか……」

「ああ、噂によれば、帝国に制圧された小国の民達は、次々と飢え死にしているらしい」

「俺達、一体、これからどうなるんだ……？」

「やっぱり……アルヴィン王子じゃ、荷が重かったのかなぁ……？」

王都の民達の不安は、どうしようもないほど膨らみ続け、憶測や噂話はまるで尽きる気配がなかった。

そして、それは。

キャルバニア王立妖精騎士学校の生徒達にとっても、例外ではない。

「マジかよ……ッ⁉　マジで隣の帝国が攻めてきたっていうのかよ⁉」

妖精騎士学校の大食堂に、クリストファーの叫びが響き渡った。

今、国を行く末を思う若者達が、その大食堂の場に大勢集い、ああでもないこうでもないと不毛な議論を無駄に重ねている。

当然、主な話題は、今回の帝国の侵略についての一色だ。

「そ、そんなぁ……ドラグニール帝国とは、先王アールド様が不可侵同盟条約を締結していたはずじゃ……」

　おろおろとリネットが涙目で言った。

「確かに。でも、最近、雲行きが怪しい……とは思っていましたわ」

　エレインがため息を吐きながら、肩を落とす。

「件の不可侵同盟条約を結んだのは、先王アールド様と現・ドラグニール帝国皇帝リチャード様。リチャード様は近年、病床に伏せり、まともに国政に携われる状態ではないと聞きます」

「そんな皇帝に代わって、帝国上層部を牛耳ったのが……件のウォルフ皇子殿下だ」

　セオドールが深刻な表情で眼鏡を押し上げる。

「皇帝が病で動けないことをいいことに、ウォルフ皇子殿下は、自身や皇室に反発する派閥を一気に排除、国外追放し、帝国内における全権をあっという間に掌握した。

　噂によれば、皇帝が病に伏せっているのも、皇子が薬か何か盛ったんじゃないかと言われている。それだけ、皇子が帝国の事実上のトップに立つのは鮮やかだった」

「元々、過激派で野心家な御方です……協調路線・穏健派の皇帝が何も動けないことをいいことに、強引な侵略統一政策を推し進めているのでしょう」

「そして、ついにその毒牙を、この国にも⁉　なんて卑怯な……ッ！」

テンコが怒りも露わに拳を握りしめる。

すると、セオドールが複雑な表情で続けた。

「だが……実際に見事だ、とは思う」

「ど、どういうことですか⁉　なんで敵を褒めるんです⁉　セオドール！」

「僕に噛み付くな、落ち着け。客観的な事実を述べただけだ」

尖った八重歯を剝き出しに威嚇してくるテンコへ、セオドールが肩を竦めた。

「あんな強引な周辺諸国への進出政策、当然、国内でも反発は大きいに決まってる。皇室の威光があっても、皇帝の元の政策もあり、そう簡単に進むわけがない。

だが、ウォルフ皇子殿下は父皇に代わって実権を牛耳るや否や、即座に国内意志を一つに纏めて、疾風のように侵略を開始した。

その片手間に、このキャルバニア王国上層部の綻びに目をつけ……三大公爵家と密かに接触、自陣営へと引き込んだ。

そして、わざわざ自ら乗り込み、降伏を突きつける度胸……ラングリッサ砦を押さえ、こちらから手出しできなくする抜け目なさ……まさに覇王の器だ。

乱世において、これほど上に立つに相応しい人物はそうそういないだろう。彼を神のように崇め、自ら望んで従おうとする者も多いはずだ」

「く……ぅ……ぐぬぬぬぬ……あ、アルヴィンだってぇ……ッ！」

テンコが悔しげにそう反論するが。

「残念ながら……このままじゃ、アルヴィンはみすみす配下を敵に引き抜かれて、国を盗られたマヌケと、後の世に語り伝えられるだろうね」

「セオドールッ！　貴方、なんてことを……ッ！」

テンコが顔を真っ赤にして吼えるが。

「仕方ないだろう⁉　歴史ってそういうもんだッ！　いつだって、勝者が都合の良いように書き散らすんだよッッッ！　敗者の事情なんて誰も汲んでくれない！」

そんなテンコに、いつも冷静なセオドールが珍しく感情を荒らげて吼え返す。

「僕だって、何一つ納得いってないッ！　今回の帝国のやり方には、腹が立って仕方ないんだッッッ！」

「…………ッ！」

そんな剣幕に、誰もが言葉を失い、俯いてしまうのであった。

「くそ……三大公爵家め！　そりゃ王家と仲悪いのは知ってたけどよぉ……こんなにあっさり国を裏切るか？　生まれ育った祖国だぞ⁉　あの国賊どもが……ッ！」

だんっ！

クリストファーがテーブルを叩く音が、食堂内に寒々しく響き渡った。

そして、視線をつと横に滑らせる。

「おい、お前達……知っていたのか？　このことを」

その先には、オルトール学級のルイーゼ、デュランデ学級のオリヴィア、アンサロー学級のヨハンなど、多学級の生徒達が同じく深刻そうな表情で佇んでいた。

「そんなはずがないだろう！　私達、三大公爵家傘下の伝統三学級の従騎士達も、こんな話、寝耳に水だ！　今日、初めて聞いたんだッ！」

ルイーゼが心外だと怒りも露わに吼え返す。

「上から下りてきた話によれば……どうやら俺達はいずれ、三大公爵家が保有する手駒として帝国のインペリアル騎士団に吸収、編入されるらしいな」

落ち着いているが、ヨハンも難しい顔だ。

ことがこうなった以上、たとえ件の天騎士決定戦でシドが勝とうが負けようが……最早、国が割れることは必至なのだ。

恐るべき激動の時代が来る……そんな予感だけがひしひしと感じられる。

「そりゃ、私達は三大公爵家派閥の騎士だから……そうなるのが必定だとは思うけど
……………ッ！」

一方、オリヴィアは顔を真っ青にして狼狽えていた。

「おい、オリヴィア！　ヨハン！　お前らそれでいいのかよ⁉　本当に裏切り者の売国奴になる気かよ……ッ⁉」

「わ、わかってる！　そんなのわかってるよッ！　でも……でも……ッ！」

クリストファーの叱責に、オリヴィアは頭を抱えて涙目で俯いてしまう。

そう、ことの重大さは最早、考えるまでもない。

オリヴィアやヨハンは、名のある騎士の名家の時期当主や嫡子だ。

この激動の時に、どう身の先を振るかで、自身と家の運命がどうしようもないほどに決まってしまうのだ。彼らには守るべきもの、背負うべき責任がある。

「実際……貴女達はどうする気ですの？　これから先の身の振り方」

エレインが一同を見回して問う。

「断然ッ‼　私はアルヴィンの味方ですッッッ！」

すると、一番最初に迷わず叫んだのはテンコだ。

「この先どうなろうが、私はアルヴィンの騎士ですし、アルヴィンのために戦って、アルヴィンのために死にます！」

「私もテンコ先輩と同じ思いです！　私は、王子様に仕えるためにここにやって来たんです！　これから先、どうなろうが王子様のために戦います！」

一年従騎士（ファースト・スクワイア）のユノも、うんうんと力強く頷（うなず）く。

「ま、ブリーツェ学級（クラス）の主だったメンバーはそうなるわな」

「そうですわね。わたくし達、そもそも他に行く場所のない、食い詰め者ですしね。アルヴィンには、拾われた御恩がありますわ」

　クリストファーやエレインの言葉に。

「……ふん」

「……ッ！」

　何も言わないが、ただ黙って鼻を鳴らすセオドールや、首が外れそうなほど、コクコク頷くリネットも同じ思いのようであった。

「だけど……貴方達は迷うでしょうね」

　エレインが、他学級（クラス）の生徒達を流し見る。

「……くっ……」

　ヨハン、オリヴィアは当然、ルイーゼすらも迷ったように押し黙る。

　と、その時だった。

「ギャハハハハハハハハハ――ッ！　バカだなぁ⁉　お前らッ！」

　重苦しい雰囲気の食堂内に、軽薄なバカ笑いが響き渡る。

　デュランデ学級の二年従騎士――ガトだ。

「何を迷うことがあるってんだよ⁉　もうどこをどう考えたって、こんな国、終わりじゃねーかっ！　長いものには巻かれろってやつだ！　むしろ、俺はこれはチャンスだとすら思っているぜ！」

「なんだとぉ……ッ⁉」

「あの強大なドラグニール帝国に、悪くない条件で寝返れるんだぜ⁉　こんなショボい国で騎士やるより、よっぽどのし上がり甲斐があるってもんだッ！　俺は、デュランデ公と帝国につくぜ！　ギャハハハハハハハハハ――ッ！」

「てめぇ……ッ！」

　すると、クリストファーがいきり立って立ち上がり、ガトの胸ぐらを掴み上げる。

「マジで言ってんのかよ……ッ⁉」

「はっ！　大マジも大マジだぜ？　何か文句あんのかよ⁉　元々、俺はお前らと違って王家の犬じゃねえしなぁ？　王家なんてもう沈みかけた泥船なんだよぉ⁉」

「馬鹿野郎……ッ！　王家だけの話じゃねえだろ⁉　よく考えろ……ッ！」

　クリストファーが凄む。

「平民出身の俺でもわかるぜ⁉　帝国に組み込まれたら、この国は何もかも滅茶苦茶になる……ッ！　当然、俺達の故郷だってな……ッ！」

「……ッ！」

　クリストファーの指摘に、ガトの額にほんの微かに脂汗が浮かぶ。

　そんなガトへ、クリストファーが畳みかける。

「お前にも、この国に故郷や家族があんだろ……ッ⁉　いいのかよ⁉　それを滅茶苦茶にされてもよ⁉　お前、自分だけ上手く勝ち馬に乗って助かりゃ、いいのかよ⁉　本当にそれでいいのかよ⁉」

「だ、だったら、どうすりゃいいってんだよ……ッ⁉　こんなクソ詰みまくった状況でよ……ッ⁉　綺麗事だけで生きていけると思ってんのか……ッ⁉」

　最早、互いに拳が出る直前。

　一触即発のその状況を治めたのは、エレインだった。

「そこまでですわ」

　至近距離で睨み合う二人の間に、するりと抜き身の妖精剣が通ったのだ。

「……ッ!?」

「……ちぃっ！　雑魚のくせに……」

それで我に返ったクリストファーとガトが、互いに互いを離して、距離を取る。

そんな二人を前に、エレインは剣を鞘に納めながら、淡々と言った。

「正直、自身の人生がかかった、あまりにも重く大きな分水嶺です。わたくしも、皆様に色々と無粋なことを言うつもりは御座いませんわ。

ただ、互いに後悔のない道を歩みましょう。たとえ、近い将来、同じ学び舎で同じ釜の食事を共にした者同士で、剣を向け合うことになったとしても」

そんなエレインの言葉に。

その場の一同は、ただ重苦しく押し黙るだけだ。

「いずれにせよ……とりあえずは、当面の天騎士決定戦の結果次第ですわね」

「そうだな。ウォルフ皇子がドラグニール皇室の名の下に発令した声明である以上、それにはかなりの拘束力がつく。

約定を違えれば、皇室の権威にも傷が付く。大陸中の笑いものだ」

「つ、つまり……天騎士決定戦で王国が勝てば……？」

「そうですわね、当面は王国の独立は保てるでしょう。問題は……勝てるか、ですが」

すると、テンコが耳をピンと立てながら叫んだ。

「勝てるに決まってます！　だって、この国には、師匠が……伝説時代最強の騎士がいるんですよ⁉　師匠だって、この国難なら出場してくれるに決まってます！　白騎士だかなんだか知りませんが、余裕ですって！」

「君は、本当にバカなんだな……」

セオドールがため息を吐いた。

「話はそう単純じゃない。シド卿がこの王国にいることはもう、諸国に知れ渡っているんだ……その常識外れの武勇もな。

それでも、あえてウォルフ皇子が、天騎士決定戦で勝負をつけることを……こんな王国側に有利過ぎる条件を、あえて選んだ意味を少しは考えてくれ」

「絶対に勝てる秘策があるか……」

「……あるいは、白騎士が、シド卿をものともしないほど強いか」

信じたがたいことだが。

先刻の、謁見の間におけるシドと白騎士の一合の噂を聞けば、それは案外、突拍子のない話でもない。

「それに、だ」

セオドールが再び、眼鏡を押し上げ、ため息を吐いて明後日を見やる。

「あくまで僕の推察が正しければ……だが。アルヴィンは、シド卿を天騎士決定戦には参加させないかもしれない」

「えっ⁉　それって、どういう……？」

セオドールにその場の一同の視線が一斉に集まるのであった。

────。

「シド卿だッ！　シド卿を天騎士決定戦に参戦させましょうッッッ！」

一方、その頃──円卓会議室では。

王家派の大臣や騎士達で、のべつ幕なし大紛糾の有様であった。

「三大公爵家の息がかかった騎士は、もう宛になりませんッッッ！」

「ここは、シド卿に縋るしか……ッ！」

「そうだ……シド卿の伝説時代最強と謳われた武をもって、この窮地を切り抜ける他、道はありません……ッ！」

「アルヴィン王子殿下……ッ！　どうか麾下の騎士、シド卿に御下命をッ！」

「天騎士決定戦に参加し、見事、優勝せよと命ずるのですッッッ！」

「シド卿のお力があれば……この国は救われる……ッ！」

「さすれば──……ッ！」

そんな臣下達の必死の上申を。

アルヴィンは、どこか遠い世界の出来事にように、無言で受け止め続けている。

「…………」

その心中を察するイザベラは、複雑な表情でアルヴィンの横顔を痛ましく見つめ続けるだけだ。

「……アルヴィン……」

そして、そんな二人の胸中など露知らず、臣下達は盛り上がっていく──

「いやぁ、しかし、こんな状況となってはアレですが、シド卿がアルヴィン王子の忠実なる騎士でいてくれて本当に良かったですなぁ！」

「まったく！　もし、シド卿がいなかったらどうなっていたことか！」

「シド卿復活の秘伝を後世に残して頂けるとは、さすが、王家の偉大なる始祖、聖王アルスル様！」

シドの圧倒的な伝説時代の武を知っている者としては、やはり、シドが負けることなど現実的に考えられない。

ゆえに、この事態を楽観視する者達もいるのだ。

すなわち、シドさえいれば、この国は大丈夫なのだと。安泰なのだと。

「…………」

アルヴィンは、そんな臣下達の話を、ただ黙って聞いている。

アルヴィンの前で、臣下達の話は続いていく。

「しかし……三大公爵家の連中は本当に、呆れ果てましたな！」

「まったくです！　あの裏切り者の恩知らずめ……ッ！　先王アールド様にあれほど大恩ある身でありながら……ッ！」

「アールド王がご健在であられた頃は、もっと大人しかったくせに……ッ！　亡くなられた途端に、これだ！」

「そうだな！　アールド王がご存命であれば、こんなことにはならなかったというのに……ッ！　本当に早世が悔やまれますなぁ……」

「ああ、陛下の御崩御はあまりにも早かった……あの御方は武勇、政治手腕共に、まさしく真の王であられた……」

「うむ……もし、王がこの場におられたのなら……」

そんな風に、臣下達が言いたい放題言っていると。

「そこまでです」

イザベラが立ち上がり、語気強い口調で言い放った。

「最早、今は亡き御方のことを話しても仕方ありません。そして、それ以上はアルヴィン王子殿下に対する不敬と侮辱ですよ？　口を慎みなさい」

すると、臣下達がたちまち、何かに気付いたように、はっとする。

「……し、失礼を……ッ！」

「お、お許しください殿下ッ！」

「わ、我々は決して、王子を軽んじるような、そんなつもりは……ッ！」

真っ青になって恐縮する臣下達へアルヴィンは言った。

「大丈夫だよ、わかってる。僕は気にしてない」

「し、しかし……」

「大丈夫。大丈夫だから……」

アルヴィンは、優しく穏やかに微笑んだ。

今、この場に集っている大臣や一般騎士の臣下達は……先王の頃から王家に忠誠を誓う王家派とも呼べる者達だ。

アルヴィンとは子供の頃からの知り合いであり、親戚みたいな方々だ。

アルヴィンは、彼らがいかにこの王国のために、王家のために身を粉にして今まで尽くしてきてくれたか知っている。

それだけに……アルヴィンは彼らを責められない。

だって、仕方ないのだ。

シド卿。

先王アールド。

この国家の窮地に彼らが頼むのは当然、真なる騎士であり、真なる王だ。

だから、仕方ないのだ。

誰も……アルヴィンに、何も期待していなくても。

「……少し……休憩を入れようか……」

アルヴィンがのそりと立ち上がる。

「お、王子……」

一同が見送る中。

アルヴィンは、どこか肩を落として、その会議室を退出していくのであった。

そして、退出の間際(まぎわ)。

アルヴィンは誰にも聞こえない声で、誰へともなく呟くのであった。

「結局……僕は何も……僕の存在価値なんて……何も……」

――――。

アルヴィンは、城内を彷徨う。

特に行く先は意識していなかったが、足は自然と、とある場所を目指していた。

今、アルヴィンが一番会いたい人物がよくいる場所へ。

そして。

その場所に、トボトボと向かいながら、アルヴィンは考える。

(ウォルフ皇子は……本当に凄い人だ……)

確かに、そのやり口そのものは、清廉とは言えないかも知れない。

だが、そもそも王とは、執政者とは、清濁を呑み込むものだ。それも器だ。

そう考えれば、ウォルフの手腕はどうだ?

確かに、ドラグニール帝国は大陸一強大な国家だが、キャルバニア王国とて、まだまだ強国と目される国家である。

帝国が他の周辺諸国同様に王国を併合しようし、正面からぶつかれば……それはもう両国に夥しいほどの犠牲者が出るだろう。下手をすれば共倒れだ。

だというのに、ウォルフは最小限の犠牲で、キャルバニア王国をその手中に収めかけている。

その先見の明、外交手腕、交渉能力、決断力、カリスマ性……どれをとっても図抜けている。皆が望んで彼に従い、彼を支えるのだろう。まさに覇王の器だ。

それに加えて、自分はどうか？

（みすみす、三大公爵家に見限られて……全ての対応が後手後手に回って……あまつさえ、誰も僕を必要としていない……期待していない……）

ウォルフ皇子と自分とでは、人の上に立つ王としての器に開きがありすぎる。

やはり、無理だったのだろうか？

こんな自分が性別を偽ってまで、王となるなんて。この国と民を救おうだなんて、ただの思い上がりと自惚れだったのだろうか？

（僕は……一体……）

そんな風に思い悩んでいるうちに。

アルヴィンは、キャルバニア王城中庭までやって来ていた。

そこには、様々な木々と花壇が花咲く美しい庭園が広がっていて……

その庭園の芝生の真ん中で、アルヴィンが今、一番会いたかった人物が、足を交差させて寝っ転がっていた。

シドだ。

「……どうした？　アルヴィン」

多分、シドは今の今まで眠っていたのだろうが、アルヴィンが近付く気配で目を覚ましたのだろう。

目を閉じたまま、アルヴィンへ言った。

「あ、あの……その……」

アルヴィンは何かを言おうとして、何も言えず。

しばらく、まごついて。

「……その……シド卿（きょう）……隣……よろしいですか……？」

そんな風にお茶を濁した。

「いいぞ」

あっさりと答えるシド。

アルヴィンは、寝そべるシドのすぐ隣に、すとんと腰を下ろした。

「…………」

「…………」

しばらくの間、二人の間に沈黙が流れた。

降り注ぐ陽光が二人を照らす。

穏やかな風が吹き抜け、木々を、芝生を撫でていく。

不思議な沈黙と時間が、二人の間をゆったりと流れて。

やがて、その沈黙に耐えられなくなったように、アルヴィンが口火を切った。

「シド卿……僕に何も言ってくれないんですか……？」

すると。

「アルヴィン。そこから先の言葉には、よく気をつけろ。お前は今、試されている」

目を閉じたままのシドの言葉に、アルヴィンが目を見開く。

叱責するでもない。

罵倒するでもない。

ただ、シドは淡々と、アルヴィンの心の奥底を覗き込むように問う。

「まず、最初に言っておこう。俺が自ら、お前に気を利かせることはない」

「……ッ！」

「無論、もし、お前が王ではなかったら、俺はいくらでもお前のために気を利かせただろう。俺は自らお前のために戦うし、お前を連れて、地の果てまで連れて行ってやってもいい。だが、お前は王であり……俺は、お前の騎士だ。わかるな？」

「……ぅ……あ……」

「騎士は、王の意志を体現する者。王の言葉を、剣で世界へと刻む者。王はいつだって、自分の意志、自分の信念で、自分の道を開かねばならない。それが王の王たる器。騎士はそれを支える者に過ぎない。

この国をどうするのか？　どうしたいのか？

王として貫くべき意志と決断を……俺に委ねるな。それをやった時点で、お前は王ではなくなる。ただ、花よ蝶よと愛でられるだけの、お姫様となる。

俺を失望させないでくれよ？　我が今世の主君」

「…………ッ！」

シドの言葉は……アルヴィンの心を深く、深く抉った。

まったく何も反論できなかった。

ただ、シドはアルヴィンの心の奥底に潜む甘えを、容赦なく抉り出し、突きつけただけに過ぎなかったからだ。

そう、アルヴィンはシドへ、あることを期待していた。

自分が何も言わずとも、シドがそうしてくれることを期待してしまったのだ。

だが、それはシドの言うとおり、王としてのアルヴィンの終わりだ。

国を背負う王として、アルヴィンは自ら決断しなければならなかったのだ。

シドは、今のアルヴィンが迷っていることなど、お見通しだ。

もし、アルヴィンが本当にそれを望むなら。

アルヴィンは自らの意志で、自らの口頭で、王として、騎士であるシドへ王命を下さなければならなかったのだ――

「シド卿……僕は……」

だが。

どうしても、その言葉が出てこない。舌の先で詰まってしまう。

その言葉を、その王命を、シドに伝えないといけないのに。

アルヴィンはそれをシドへ伝えることができない。

「……ぼ、僕は……僕は……」

アルヴィンが言葉に詰まって。

「………」

シドは、寝そべったまま、ただ黙って、静かにアルヴィンの言葉を待ち続けて。

「……シド卿……僕は――ッ！」

それでも。

アルヴィンが何かを必死に喉奥から絞りだそうとしていた……その時だった。


「ククク……こんな所にいたか、アルヴィン王子」


中庭に、愉しげな声が響き渡っていた。

アルヴィンが振り返れば、そこには腕組みして悠然と佇むウォルフの姿があった。

「な、なぜここに⁉　皇子殿下……ッ⁉」

「何、お前に会いたかったのだ、アルヴィン王子」

ウォルフが肩を竦めながら、アルヴィンに歩み寄ってくる。

「ここは一つ、お悩みのお前に、俺自ら相談に乗ってやろうと思ってな」

「相談……？」

「然り。聞けば、王子よ。お前はまだ、そこなシド＝ブリーツェとやらを天騎士決定戦へエントリーさせていないようではないか」

「……ッ！」

押し黙るアルヴィンへ、ウォルフが余裕を崩さず続ける。

「これはまたおかしな話だ。なにせ、此度(こたび)の天騎士(シュバリエ・ワン)決定戦には、王国の命運がかかっている。ならば、王命をもって王国最強の騎士を即座に参加登録させるのは、至極当然のこと……なのに、なぜ、お前はそれをまだしていない？」

「そ、それは……ッ！　それは……」

アルヴィンが何か答えようとしても、答えに詰まる。

そんなアルヴィンを見て、ニヤリと笑ってウォルフが言った。

「教えてやろう。それは……お前が迷っているからだ、アルヴィン王子」

「な、何を……馬鹿なことを……ッ⁉」

「まぁ、俺の白騎士が負けることなど万が一にも有り得ぬことだが……それはさておき、お前のその迷いの本質について、だ。

俺にはわかるぞ？　お前の迷いは、自身の王の器への疑問から生ずるものだ」

「〜〜〜ッ⁉」

愕然(がくぜん)とするアルヴィン。

ニヤリと蛇のように笑うウォルフ。

「お前は、この俺に人の上に立つ者としての器の圧倒的な差を見せつけられ……王としての自信を喪失してしまったのだ。

もし、だ。もし、奇跡が起きて……お前のシドが俺の白騎士を下し、天騎士決定戦に勝利したとしよう。帝国の支配から逃れ、独立を勝ち取ったとしよう。

それで、その後、お前はどうする？」

「……う……ぁ……」

「三大公爵家との決別は決定的になり、国は最早バラバラ。依然、妖魔達の活動や北の魔国の脅威は増すばかり。ゆえにお前はこう思ってしまったのだ。〝自分如きの器で、この国と民を、これから本当に守っていけるのか？〟と」

「ち、違……」

「ゆえに、お前はこう思ったのだ。〝下手に自分のエゴやプライドを押し通して独立を守るよりも、帝国に支配されてしまった方が、この国も民も助かるのではないのか？〟と。〝それが王として自分が取るべき最良の道ではないのか？〟と」

その瞬間だった。

「ふざけるなぁあああああああああ――ッ！」

突然、アルヴィンが吼えた。

あの常に穏やかで大人しいアルヴィンが、感情も露わに激昂したのだ。

なぜなら、ウォルフの指摘は……紛れもない図星だったからだ。

それこそ、まさしくアルヴィンがシドへ、天騎士決定戦に出場せよと王命を下せなかった最大の原因。王命を下した瞬間、全ての責任がアルヴィンの双肩にのし掛かる。

だから、シドが気を利かせてくれないかと、つい狡いことを考えてしまった。

事実を突かれてしまったがゆえに、アルヴィンは顔を真っ赤にして、みっともなく激昂するしかなかったのである。

だが、それもウォルフと一対一の状況での話だったら耐えられた。我慢できた。

しかし、他でもないシドの前で、そんなことを抉られるのだけは、アルヴィンには我慢できなかった。

見られたくない。知られたくなかったのだ。

シドにだけは、そんな自分の弱さを暴露されたくなかった。

無論、もうシドには完全に見透かされてしまっているだろうが……それでも、どうしても、改めて言葉で露わにされたくなかった。

だから、アルヴィンは感情を抑えきれなかったのである。

「取り消せ、ウォルフ皇子ッ！　僕に対するそれ以上の侮辱は許さない……ッ！」

だが、アルヴィンの激しい剣幕に、ウォルフはどこ吹く風だ。

「ほう？　この国では事実の指摘が侮辱になるのか？　お前のその様子を見る限り、あながち的外れとは思えないのだがなぁ？」

「まだ言うか……ッ⁉」

アルヴィンが衝動的に剣の柄に手をかけた、次の瞬間。

「……ッ！」

「…………」

ウォルフの前には、いつの間にか白騎士が現れていて。

そんな白騎士からアルヴィンを背に庇うように、シドが立ちはだかっている。

睨み合うシドと白騎士。

再び、その二人の間の空間に、割れて砕けんばかりの圧迫感と重圧が高まっていく──

「良い、下がれ、白騎士」

ウォルフが無言を保つ白騎士を制する。

「安心しろ。俺の見込んだアルヴィン＝ノル＝キャルバニアは、衝動に任せて短慮を行う底の浅い者ではない。そこなシド＝ブリーツェとやらも、よくわきまえている。こちらからアルヴィンを害そうとせぬ限り、動かぬよ」

何か物言いたげな白騎士に、ウォルフがそう言うと。

「…………」

やはり白騎士は一言も何も語らず、そっと下がるのであった。

「さて、アルヴィン王子。話を戻そうか」

「ふぅー……ッ！　ふぅー……ッ！」

怒りのあまり震えながら荒い気を吐くアルヴィンへ、ウォルフが言った。

「俺は全ての頂点に立つ王だ。ゆえに、俺の言葉は常に正しい」

「なぁ……ッ⁉」

謝罪する気の欠片もないウォルフに、アルヴィンが鼻白む。

「そして、俺は王であるがゆえに、俺は容易に俺の言葉を覆さん。わかるな？」

「く……ッ！」

侮辱に震えるアルヴィン。

「だが、俺の言葉は俺が思った以上に、お前の核心を突いたようだ。ふっ、このままでは、お前も溜飲が下がるまい？　ならば、ここは王らしく決着をつけまいか？」

「王らしく……だって？」

「そうだ。勝負だ、アルヴィン王子」

ウォルフがまるで獲物を狙う捕食獣のような目で、アルヴィンを見た。

ぞくり、と。再び背筋に駆け上る寒気を感じるアルヴィン。

「俺とお前で、一対一の決闘といこうではないか」

「決闘だって……ッ⁉」

「言わばこれは、どちらがより優れた騎士を従えているかを明らかにする天騎士決定戦の前哨戦……そもそも、どちらがより優れた王であるか？　を問う戦いだ。

もし、王子が俺に勝ったなら、俺は先の発言を全て撤回し、頭を下げて詫びよう。

だが、もし、お前がこの決闘を受けぬのなら、あるいはお前が俺に敗北したのなら……

それはそのまま俺とお前の、王としての格の違いの証明だ。俺は断じて撤回せん」

「……ッ⁉」

「もちろん、【不殺の結界】は徹底しよう。さぁ、どうだ？　アルヴィン王子。この俺との決闘、受けるか？　否か？　返答やいかに⁉」

ウォルフが嗤う。

アルヴィンを見て、嗤う。

ウォルフは、完全にアルヴィンを見下している。舐めている。

そんなウォルフを前に、アルヴィンが――

「いいだろう、僕は……ッ！」

――何かを言いかけた、その時。

「ふっ、くだらん」

シドが、ふっと笑いながらアルヴィンだけに聞こえるように呟いた。

「相手にするな、アルヴィン。あんなの粋がってるガキの屁理屈だ」

「し、シド卿……？」

「好きなだけ言わせておけばいいさ。そもそも、そんなガキの喧嘩じみた決闘で、王の器の格付けなんて決まるわけないだろ？　ほら、行こうぜ？　色々あって、お前はちょっと疲れてるんだ。イザベラに茶を淹れてもらって、テンコと一緒にケーキでも食え」

シドの言うことは、本当にどこまでも正論で、非の打ち所なく正しかった。

アルヴィンもわかっているのだ。

こんな言い争いで決闘したところで、何の得にもならないことを。

だが、今は。

今のアルヴィンは……普通じゃなかった。冷静じゃなかった。

（誰もが、シド卿がこの国にいてくれて良かった、と言う。誰もが、先王アールドがこの国にいてくれたら、と言う。

誰も、僕のことなんて見ていない。期待していない。僕だって……今まで必死に、立派な王たらんとがんばってきたのに……）

こんな状況で、ウォルフの言葉を認めたくなかった。通したくなかった。

なんとしても、ウォルフを下し、ウォルフ自身の口から撤回をさせたかった。

そう。

ここに、シドがいるから。

アルヴィンの最愛の騎士、シド。

女の身で王となるという茨の道をいくアルヴィンの、最後の心の柱。

アルヴィンは、シドが見ている前で……これ以上、無様を晒(さら)したくなかったのだ。

自身の王としての価値をどうしても、シドに証明したかったのである。

だから——……

「いいだろう、ウォルフ皇子」

アルヴィンはシドの言葉を無視し、自身の誇りをかけて、言った。

「その勝負、アルヴィン＝ノル＝キャルバニアの名において受けよう」

それが——

自身の大転落の始まりであることも、今は露知らずに。

「……アルヴィン……お前……」

シドは頭を掻きながら、そんなアルヴィンを苦い目で流し見て。

「……ふっ」

ウォルフは……やはり獲物を罠にかけた蛇のように、ほくそ笑むのであった。


---

「あ、アルヴィン王子と、ウォルフ皇子の決闘だって⁉」

「えええっ⁉　どうして⁉　なんで⁉」

その噂は、瞬時に、キャルバニア王城内中を走った。

当然、これから二人の決闘が行われるという訓練場に、大勢の城勤めの役人達や使用人達、大臣、《湖畔の乙女》の半人半妖精達、派閥問わない騎士達、そして、キャルバニア王立妖精学校の従騎士達が集まってくる。

「一体、こんな時にアルヴィンは何を考えているのだ？」

「わ、わかりません……」

ルイーゼの疑問に、テンコも首を傾げるばかりだ。

「ええい、くそ！　よくわからんがいい機会だ！　やっちまえ、アルヴィン！　いけ好かない帝国野郎をこの大勢の前でボコっちまえッ！　その鼻、明かしてやれぇ！」

「そうです、王子様ッッッ！　やっちゃってくださーい！」

クリストファーやユノが息巻いてそう叫んでおり、それはその周辺にたむろする従騎士達も概ね似たような意見のようだ。

そんな観客達の視線が一斉に集まる、その場所——訓練場の中央に臨時に設けられた、決闘場には。

「やはり、決闘とはこうでなくてはな」

周囲を見回しながら余裕で佇むウォルフと。

「…………ッ！」

そんなウォルフを噛み付くように睨むアルヴィンがいた。

そして、そんな二人の間には、イザベラ。

この決闘の審判員を務めることになった彼女は、アルヴィンへ心配そうに言った。

「本当によろしいのですか？　アルヴィン王子」

「構わない！　これ以上、黙っていられない！　このままじゃ、先王や聖王に顔向けできない！」

「…………」

イザベラは、アルヴィンをどう宥めたものか考える。だが、当のアルヴィンはすっかり頭に血が上っているようで、何を言っても聞く耳持たなそうだ。

「まだか？　そこの半人半妖精。俺はいつでも良いぞ？」

対するウォルフは、やる気満々だ。

もう引き下がれない。互いに帰還限界点はとうに過ぎた。

ここで戦わずに退けば、もうアルヴィンの名誉は地に落ちてしまう。

あるいは、これがウォルフの狙いだったのかもしれない。

考えれば、決闘の噂が城内に行き渡るのが異様なほど早かったが、それは、ひょっとしたら……？

「……わかりました。両者の決闘の意志を確認しました」

今は考えても仕方ない。

イザベラは騎士同士の決闘作法に従い、決闘の進行を始めた。

「それでは【不殺の結界】を展開します。ルールは、この王国内における一般的な決闘形式に基づくもの。勝敗はどちらが戦闘行動継続不能になるか、降参を宣言するまで。両者、構え――」

イザベラの音頭に、アルヴィンが剣を抜く。

対し、ウォルフも剣を抜く。

両者、互いに剣を構えて、相手を鋭く見据え――

「――始めッ！」

イザベラが決闘開始を宣言した瞬間。

「追い風立たせよッ！」

アルヴィンは剣に語り掛け、緑の妖精魔法【疾風】を発動。

全身に激しい突風を纏わせ、悠然と立つウォルフの周囲を、もの凄い速度で駆け抜け始めた。

アルヴィンの緑の妖精剣《黎明》には、風を操る力がある――

（アレが、ウォルフ皇子の妖精剣か……）

ウォルフの周囲を回転するように駆け抜けながら、アルヴィンはちらりと見た。

「…………」

アルヴィンには見向きもせずに佇むウォルフは……確かに、妖精剣らしきものを構えていた。

実を言うと、妖精剣は別にキャルバニア王国にしか存在しないものではない。

キャルバニア王国に、妖精剣を授かる《剣の泉》があるように、似たような場所が世界各地には存在する。

当然、ドラグニール帝国にだって妖精剣を得られる聖地があるし、帝国軍の主格となるインペリアル騎士団の高位騎士は妖精剣を持っている。

寧ろ、国土が広い分、ドラグニール帝国は多くの妖精剣産地を保有しており、妖精剣の保有総数は、キャルバニア王国を大きく上回る。

だが、その総合的な戦力は、決して帝国が王国を上回るわけではない。

むしろ、互角とされている。

なぜなら、キャルバニア王国の妖精剣と、他国の妖精剣とでは明確な違いが存在する。

それは、いわば剣の質の高さだ。

キャルバニア王国は妖精界との境界が、この世界でもっとも近い場所。それゆえに、他の場所よりもより強い力を持つ妖精剣が産出される。

シド曰く、伝説時代と比べたら現代の妖精剣の質は落ちてしまったようだが、それでも王国の妖精剣と他国の妖精剣では、同じ剣格を比較しても、その出力は王国のものに軍配が上がる。

　そんな妖精剣自体の強さがあればこそ、キャルバニア王国は今まで、ドラグニール帝国に対し、対等な同盟を締結し、独立を保っていられたのだ。

（ウォルフ皇子の妖精剣の正体は、不明だけど……）

　アルヴィンは霊的な感覚を研ぎ澄まして、ウォルフを注意深く観察する。

　その結果——まぁ、当然だが、ウォルフはウィルの使い手ではなかった。ウィルの使い手特有の呼吸や魂（ウィル）の律動が一切感じられない。

　それすなわち、ウォルフは、かつてのアルヴィン達がそうだったように、妖精剣から一方的にマナを引き出して、身体能力強化や魔法を行使する……妖精剣の力に完全に頼りきるタイプだ。

　シドに鍛えられているアルヴィン達のように、ウィルによる妖精剣との対等なる協力関係ではない。

（なら、恐れるに足らない！　勝つ！）

　たとえ、ウォルフの妖精剣が神霊位（アツィルト）だったとしても。

　今のアルヴィンには、剣格差を補って余りあるウィルがある。

今のアルヴィンならば、練り上げたウィルと共に戦えば、どうとでもなるはずだ。

唯一、気になる点は……

(しかし、皇子の妖精剣……一体、何色なんだ……？)

そこが、不気味だった。

普通、霊的な感覚を開けば、相手の妖精剣の〝色〟が見えるものだ。マナには、その性質が〝色〟となって現れる特性がある。

目を凝らせば、テンコの妖精剣が赤だとわかるし、ルイーゼの妖精剣は青だとわかる。

これは、妖精剣に選ばれた者なら誰にでもできることだ。

だが、ウォルフの妖精剣には、なぜか、まったく〝色〟が見えない。強力なマナを保有していることはわかるが、そのマナに〝色〟がないのだ。

それに、ウォルフの妖精剣……よくよく見れば、その造形はどこか妙だ。

通常、妖精剣は古き妖精達が化身した存在だ。ゆえに、その造形は生き生きとした生命力を感じさせる美しい芸術品となるものだ。

だというのに……ウォルフの妖精剣は芸術品というより、なぜか、歯車や回転錘(すい)、捻子(ねじ)などが剣の根元や柄に見える、絡繰(からくり)細工じみた無機質な武器だ。

それが帝国産の妖精剣の性質なのだろうか……？

（ええい、ままよッ！）

アルヴィンは心のどこかに感じた一抹の不安を振り払い、覚悟を決めた。

（大丈夫……僕にはシド卿に教わったウィルがある……ッ！）

負けない。負けるわけがない。

確かに、かつての自分は妖精剣に頼りきるばかりで弱かったが、今の自分は違う。

自身を鍛え上げ、妖精剣と共に強くなったのだ。

今さら、ウィルの使い手以外に負けるわけがないのだ。

「……ッ！」

アルヴィンは、観客席でこちらを黙って見守るシドをちらりと一瞥する。

（見ててください、シド卿！　貴方に習った全てを尽くして、僕は勝つ！　僕が貴方の主君に相応しいことを、この剣で証明してみせます……ッ！）

そう心の中で一念して。

「はぁあああああああああぁぁぁぁぁ――ッ！」

不意に、アルヴィンが仕掛けた。

今まで常に、ウォルフの周囲を高速右回転していた状態から、瞬時に反転。

爆風と共に逆回転から、ウォルフの背後へ向かってまさに疾風のごとく斬りかかった。

一瞬たりとも減速のない、電光石火の凄まじい機動だ。

「「「は、速ぇッッ⁉」」」

沸き立つ観客の生徒達。

正式に騎士叙勲を貰っている今の王国の騎士でも、何人が今のアルヴィンの動きを見切り、それを凌げたことか。

ウォルフ皇子の妖精剣がいかに強力だろうが、かわせるわけがない。

無防備なウォルフの背中に真っ直ぐ振るわれる、アルヴィンの細剣。

決闘を見守る観客達が早くも決着を夢想した——次の瞬間だった。

盛大に上がる金属音。火花。

「……なっ⁉」

アルヴィンが、観客達が、驚愕に目を見開いた。

絶対にかわせるはずのない速度とタイミングだったアルヴィンの剣を。

　ウォルフは無造作に背中に回した剣で、あっさりと受け止めていた。

「ほう？　なかなかやるな、アルヴィン王子。そんな時代遅れの剣で、ここまでの速度を発揮するとは……正直、驚いたぞ？」

　ニヤリと笑って、ウォルフが動いた。

　発条のような凄まじい瞬発力で、アルヴィンへ振り返り様に剣を一閃。

　まるで大気を根こそぎ引き裂くような斬撃が、アルヴィンへと飛んだ。

　ガァンッ！

　アルヴィンは、咄嗟に剣を構えてそれを真っ向から受け止め──

　そのまま、その威力によって、足の裏で二本の轍を地面に刻みながら、十数メトラほど押し下げられていった。

「なぁ……ッ⁉　こ、この威力……ッ⁉　けほ……ッ！」

　ようやく止まったアルヴィンがむせて、軽く血を吐く。

　剣を握る両手がビリビリと痺れ、感覚が失われている。

　受け止めて尚、アルヴィンの全身を突き抜けた衝撃が、決して無視できないダメージとなって、アルヴィンの全身の骨と内臓を軋ませている。

（今のウォルフ皇子の剣は……僕の全力のウィルを乗せた一撃を……遥かに超えている

……ッ!?）


しかも、どこをどう見ても、今の一合、ウォルフは本気を出していなかった。

完全に遊びの一撃だった。

それなのに、この威力は――

「……そんな……」

愕然とするしかないアルヴィン。

「「「…………」」」

そして、早くもアルヴィンとウォルフの〝格の差〟を察してしまった観客達も、言葉を失っていた。

「ふっ、どうした？　決闘はまだ始まったばかりだ。もっと互いに技と術を尽くして、存分に剣で語らおうではないか、王子」

ウォルフが勝ち誇ったように、くっくと笑っていた。

「しかし、王子は面白いな。どうやら、自身の剣格を超える出力を発揮する、何らかの奇妙な技を使うらしい。くくく、実に涙ぐましい努力じゃないか？　感動したぞ」

「信じられない……一体、なんなんだ？　その剣は……」

アルヴィンが恐れるように、ウォルフが手に提げる剣を見つめる。

実はウォルフがウィルの使い手である可能性も疑ったが、やはりそれはない。

あの一瞬、ウォルフがウィルを使った気配はまったくなかった。

つまり、あの力の秘密はあの妖精剣にある。

ただの妖精剣ではない。

「アルヴィン王子。我ら帝国軍がなぜ、電撃的に不意を打ったとはいえ、あの難攻不落のラングリッサ砦(とりで)を容易に墜(お)とせたと思う？　その秘密が……これだ」

ウォルフはアルヴィンへ見せつけるように、己が剣──絡繰細工じみた無機質な剣──を掲げた。

「これぞ、新時代を切り開く、我らが帝国が誇る新しい妖精剣──人工妖精剣(スピリット・ギア)だ」

「人工妖精剣(スピリット・ギア)だって……？」

唖然(あぜん)とするアルヴィンへ、ウォルフが語る。

「俺がこの世界を統一するにあたり、やはり重要なのは妖精剣の質と量でな。それがその国の総戦力に直結する以上、避けては通れぬ問題だ。

そして、数はともかく質となると、どうしても帝国の妖精剣は、王国の妖精剣に劣る。

ならばどうすれば良いか？　作れば良いではないか、人工的に」

「……なっ⁉」

「俺は、とある魔法使いを配下に抱え込み、高品質の妖精剣を人工的に鍛造する方法を編み出させたのだよ。

剣化する前の妖精を大量に狩り集め、とある儀式で強制的に剣化する。

だが、そうやって無理矢理創り出した妖精剣は弱く使い物にならんが……複数本、特定の儀式によって鋳潰して束ね、合成させることで新たなる強い剣を創出できるのだ。

その結果が……これだ」

ウォルフが己が手に掲げた剣を地面に叩き付ける。

盛大な爆光と共に、地面に大きなクレーターが口を開け、爆風が四方八方へと吹き荒れる。

並の妖精剣を遥かに超えた、凄まじいマナ出力だった。

「無色の妖精剣……人工妖精剣。次世代の騎士剣だ」

霊的な視覚を開いた者ならば、誰でもわかるだろう。

ウォルフの妖精剣から立ち上る、大量で圧倒的な——それで無味乾燥な透明のマナを。

自然界を司る命の色——赤、緑、青——そんな美しき輝きは、どこにもない。

ただただ、何かを殺す道具と貶められた哀れな剣の、ただの無色の破壊エネルギーだけが、現象としてそこには見えた。

確かに、それは強い力を感じさせるが……どこか悍ましく冒瀆的ですらあった。

「あ、貴方はなんていうことを……ッ⁉」

　イザベラがいきり立って叫んだ。

「妖精の強制剣化に、複合合成……ッ⁉　それは、我々《湖畔の乙女》達の間でも堅く禁じられていた、禁断の外法のはず……ッ！」

「知らん。外法だと？　だからなんだ？　このような素晴らしい技術を後生大事に隠匿するなど、ただの馬鹿としか思えないが？」

「外法のことは差し引いても……ッ！　妖精は古くからの人の良き友、良き隣人なのですよ⁉　そんな妖精達が〝人のためにあれかし〟と願って、その身を捧げ、剣となってくれたものが、妖精剣……人と妖精の絆の証なのです……ッ！

　それを一方的に妖精達を捕え、一方的に剣化し、一方的に潰して、一本の剣に作り替える……そんなあまりにも惨いことをして、貴方の心は何も痛まないのですか⁉」

　そんな風に、イザベラは目尻に微かな涙すら浮かべて訴えるも。

「くだらん。妖精剣など、たかが道具だろう？　そんなことよりも、俺には為すべき大義がある。そのためなら、妖精共が千匹潰れようが、万匹潰れようが知ったことか」

「～～～ッ⁉」

そんなウォルフの物言いに、イザベラは震えながら閉口するしかない。

「とにかくだ、アルヴィン王子。俺はこの人工妖精剣(スピリット・ギア)を量産し、末端の兵士に至るまでに配備し、最強の騎士団を作り上げた。

まぁ、この俺の人工妖精剣(スピリット・ギア)は百匹の妖精から成る特注品だ。さすがにこのクラスの業物は帝国にも二刀とない。

とにかく、俺はこの力で、この世界を帝国の元に統一する。

そして、北の魔国を滅ぼし、この世界に綺麗事(きれいごと)ではない真の平穏と安寧、発展をもたらすのだ。そのためならば、いくらでも犠牲を払って見せよう！　それが、俺の覇王としての道だ！　ははははは……あっはははははははははははははは――ッ！」

どこまでも自信に満ち溢れ、絶対的な君臨者としての風格を放つウォルフに。

その場の誰もが恐れ、畏怖し、押し黙るしかない。

その場は完全に、ウォルフただ一人に飲まれてしまっていた。

「……う……あ……」

そして、それはアルヴィンとて例外ではない。

ウォルフの圧倒的な存在感に、さしものアルヴィンも萎縮してしまっていた。

「さて。話は逸(そ)れてしまったが」

ウォルフがくるりと振り返る。

「そろそろ、手の痺れは収まってきたか？　アルヴィン王子」

「くっ⁉」

「では、再開しよう。俺と王子……どちらがより優れたる王か？　それを決する決闘の続きといこうじゃないか」

そう言って、ウォルフが獰猛に嗤う。

まさに、獅子が子鹿を見るように、アルヴィンを見て舌なめずりする。

ぞわり……再び感じる、件の謎の生理的嫌悪感と恐怖。

それを振り払うように……

「あ、ぁあああああああああああああ――ッ！」

アルヴィンが全霊のウィルを燃やし、ウォルフへと斬りかかる。

それを、ウォルフは悠然と迎え撃って……

あまりにも一方的な決闘が、始まるのであった――

――。

「くぅうううう――ッ！」

アルヴィンが猛然と剣を繰り出し、仕掛ける。

全身に激風を纏い、鬼気迫る凄まじい連撃をしかける。

神速の突進からフェイント、横に鋭くステップを切って、ウォルフの足元を薙ぐ。

刹那、体を捌き、剣を稲妻のように跳ね上げ、刺突。

さらに剣を切り返し、身を翻し、斜めに閃光のような一閃。

さらにさらに全身を捻って回転させ、その勢いを乗せて、踊るように強振、三閃。

鍛え上げたウィルの呼吸、研ぎ澄ませた剣技。

上級生や正式に騎士叙勲を受けた妖精騎士とて、今のアルヴィンの剣を三手と受けられないだろう。

だが、そんな手練のアルヴィンの剣を。

「はははは！　上手だ！　実に上手だぞ、アルヴィン王子！」

ウォルフは、まるで剣の稽古でもつけてやっているかのように、ちょいちょいと剣を動かすだけで、弾き、受け止め、撃ち落とし、受け流してしまう。

アルヴィンが風のような速度で動き回り、ウォルフを四方八方から攻め立てているというのに、ウォルフはその場にどっしりと構え、一歩も立ち位置が変わらない。

アルヴィンにとっては、まるでシドを相手にしいてるような感覚だった。

「く――ッ⁉　ならば――ッ！」

アルヴィンが地を蹴って、距離を取る。

そして、剣へ祈りの言霊（ことだま）を捧げる。

「疾く飛びて打ち据えよ（フライ・ハイ・ビート）ッ！」

突き出されたアルヴィンの剣先から、圧縮凝縮された風の砲弾が飛ぶ。

緑の妖精魔法【風戦槌（ふうせんつい）】。重たい城門すら吹き飛ばす風の破城槌（はじょうつい）がウォルフへ向かって真（ま）っ直（す）ぐ飛んでいく。

だが――

「ふ――ッ！」

ウォルフが剣を構え、僅かに気合いを込めると。

剣から、無色のマナが噴火のように吹き上がって、マナ障壁を瞬時に展開し――

ぱぁん！

アルヴィン渾身（こんしん）の魔法を、あっさりと受け止めてしまっていた。

「ふうん？　実に器用なことをする」

「う、……うぅ……ッ⁉」

歯噛みするしかないアルヴィン。

ウォルフが使った今のマナ障壁は、魔法と呼べる代物ではない。

ただ、自身が奴隷のように従えた妖精剣からマナを大量に引き出してぶつけ、それで強引にアルヴィンの魔法を迎撃しただけだ。

ウィルに開眼する以前、アルヴィンも妖精剣に頼りっぱなしで、一方的にマナを借りるばかりだったが……それとて一種の妖精剣との信頼・協力に基づくものだ。ゆえに、酷使によって妖精剣が疲弊すれば、それ以上、マナを引き出せない。

だが、ウォルフの剣は違う。

ただ、奴隷のように隷属させた剣から、使い手が望むだけのマナを、一方的に強制的に搾取するのだ。恐らく、剣が限界を超えたとしても……

「そんな剣の使い方……ッ！　すぐに剣が壊れてしまうぞ……ッ！」

「ほう？　それがどうした？　剣など消耗品だろう？　壊れたのであれば、新しいものに取り替えればいいだけの話ではないか」

ウォルフには、妖精が人と共に生きる友であるという感覚がまったくないようだ。

アルヴィンとはまったく話が合わない。噛み合う気がしない。

（負けたくない……ッ！　こんな人に負けたくない……ッ！）

アルヴィンが悔しそうに歯噛みする。

剣技の練度で負けているとは思わない。

魔法の腕前で負けているとは思わない。

むしろ、単純なそれらの技量だけならば……アルヴィンは勝っている。ウォルフに圧倒的に勝っている。

だが、それを超えて──ウォルフの人工妖精剣(スピリット・ギア)は強力無比だったのである。

「さて……そろそろ、こちらから行こうか」

「──ッ!?」

「剣とはこう使うものだ。手本を見せてやろう」

ウォルフが──動いた。

無造作にアルヴィンとの間合いを詰め、無造作に剣を振り上げ、振り下ろす。

剣の性能にのみ任せた、凡夫の一撃。

まったく努力や研鑽(けんさん)をしていないわけではないが……血反吐(ちへど)を吐いたり、意識を失うまで自分を追い込んだりしたことはない、温(ぬる)い一撃。

だが、それが恐ろしく速く、恐ろしく強い──

ガァン！

「うあああああぁぁぁ――ッ⁉」

咄嗟に受け止めた、アルヴィンの身体が盛大に泳ぐ。仰け反る。

圧倒的な衝撃が剣越しに伝わり、アルヴィンの身体を激しく軋ませる。

直接喰らったわけではないのに、激しいダメージが激痛となって、アルヴィンの顔を歪ませる。

「ははは っ！　そら！　そら！　そら！」

子供が木の枝を振って遊ぶように、ウォルフがアルヴィンを攻め立てる。

アルヴィンは必死に、剣でそれらを受け止め、受け流す。

だが、その一撃一撃受けるごとに、凄まじい衝撃がアルヴィンの衝撃を突き抜け、アルヴィンの身体を痛めつける。嬲っていく。

受けきれない衝撃が、アルヴィンの身体をまるで人形のように滑稽に踊らせていく。

「あぐっ⁉　う、ぁ、ああぁ……ッ⁉」

「はははははっ！　どうした、王子！　ほら、がんばれ！　がんばれ！　まだまだ決闘は始まったばかりじゃあないかっ！　はっははははは――っ！」

嗜虐的な笑いを浮かべ、ウォルフがアルヴィンを嬲る、嬲る、嬲る。

最早、これは完全なる虐待だ。

もう、その場に集った誰の目にみても、すでに勝敗は明らかだ。

だが、自分とアルヴィン、どちらが格上なのかを周囲に誇示するため、ウォルフは執拗なまでにアルヴィンを繰り返し痛めつける。決着を先延ばしにする。

最早、神聖なる決闘は、完全に趣味の悪いショーに成り下がっていた。


「あ、アルヴィン……ッ！」

観客席のテンコが顔を真っ赤にし、刀の柄に手をかけ、飛び出そうとして。

「抑えてくださいましっ！　テンコ！」

そんなテンコを、エレインが慌てて羽交い締めにしていた。

「は、放してくださいッッッ！　アルヴィンを！　アルヴィンを助けないと！」

「気持ちはわかりますが、今、それをやったら全てが終わりですわ！　曲がりなりにも王同士の正式な決闘に、騎士叙勲すら受けてない一従騎士が横やりを入れるなんて、重大な外交問題ですわっ⁉　貴女に責任、取れますの⁉」

「う、うぅ、うううううううう〜ッ！」

悔しげに歯噛みしながら、テンコはボロボロ泣くしかない。泣きながら、今もなお必死にウォルフに立ち向かうアルヴィンを見つめるしかない。

誰もがそんな風に頭を抱え、真っ青になって大騒ぎする中で。

「…………」

ただ一人、シドだけがアルヴィンの戦いを、じっと静かに見守っている。

まるで嬲られるアルヴィンの姿に何も感じていないかのような、横顔を見せている。

だが。

ぎり……と、握り固められているその拳からは、微かに血が滴っていた。

――――。

どんっ！

「――あ、ぐううっ⁉」

ついに、ウォルフの一撃によって大きく吹き飛ばされたアルヴィンが、無様に地面に叩き付けられた。

アルヴィンはもう全身、ボロボロであった。汗びっしょりの身体は疲弊しきり、呼吸は乱れ、もう一絞りたりともウィルを練ることはできない状態だ。

対し、ウォルフは無傷。実に涼しげな顔であった。

「く……う……はぁ……ッ！　はぁ……ッ！　ぜぇ……ッ！　ぜぇ……ッ！」

だが、それでもアルヴィンが剣を杖代わりに、必死に立ち上がると。

「そろそろ、わかっただろう？　俺とお前の王としての格の差が」

ウォルフが、そんなアルヴィンを見下すように言った。

「そもそも、お前は王には向いてないのだ。いい加減、それを認め、俺の膝下に跪け。お前の国を、俺に委ねよ」

そんなウォルフへ。

「なぜだ……？」

アルヴィンが絞り出すように言った。最早、勝敗は決したことはわかっているが、それでもどうしても解せないことがあったのだ。

「なぜ、それほどまで……僕を従えることに、拘るんだ……？」

「…………」

「この国が欲しいだけなら、こんな回りくどいことをしなくてもいい……他の国にしてきたように、普通に攻め滅ぼせばいい……なのに、どうして……？」

するとウォルフが含むように笑い始めた。

「くっくっくっ……」

「な、何がおかしい……？」

「お前も鈍いやつだな」

呆気に取られるアルヴィンの前で、ひとしきり高笑いして、ウォルフが言った。

「これだけ、散々アプローチして、まだ気付かないか！」

「……あ、う……？」

「どうでもいいのだよ、この国など。無論、俺の世界統一という大望のため、いずれ手中に収めるつもりではあるが、どうでもいい。

俺の本当の目的はお前だ、アルヴィン。俺はお前が欲しいのだ」

ウォルフの目が、アルヴィンを見る。

やはり、それは子鹿を見る獰猛な捕食獣のそれであり……アルヴィンの背中に、ぞわぞわと寒気が立ち上っていく。

「……な……？　僕が欲しい……？　そ、それは、家臣か従者として……？」

「カマトトぶるのもいい加減にしろ。俺はお前を后として迎えたい、そう言っている」

「な、何を馬鹿な……ッ⁉　ぼ、僕は、男──」

思わぬウォルフの言葉に、アルヴィンが動揺に震える声で吼え返そうとすると。

「女だろう？　アルヴィン王子──否、アルマ姫」

確信に満ちた……否、むしろ、最初から知っていた。

そんな顔で、ウォルフがそう言い放って。

それを聞いたその場の誰もが、呆気に取られて硬直した。

「え？　王子が……女……？」

「ど、どういうことだよ……？」

「聞き間違えか……？」

ざわざわざわ……競技場内に動揺と困惑が伝播していく。

もちろん、まだ信じているわけではない。

だが――

「た、確かに、アルヴィン王子って、女みたいに綺麗(きれい)な顔だと……」

「い、いや、待て！　だとしても、いくらなんでもありえないって⁉」

あまりにも堂々としたウォルフの物言いに、想像だにしなかった発言内容に、その場に集う一同は、動揺と困惑を隠せない。

アルヴィンが非常に美しく整った中性的な女顔であることが、ウォルフの発言に微妙な信憑(しんぴょう)性を与えてしまっているからだ。

そんな疑惑が渦巻く中――

「違うッ！　僕は男だッッッ！」

アルヴィンがムキになって叫んでいた。

「僕は、アルヴィン＝ノル＝キャルバニアッ！　いずれ、この国の王となって、この国を支えるため、今は騎士叙勲を目指す身ッ！　それ以外の何者でも――」

「もういい。もういいのだ、アルマ」

ウォルフが哀れむように首を振った。

「お前は女の身空でありながら、この国のために王となることを誓い、今まで必死に女である自分を殺し、ひた走り続けた。

お前はよくやった。がんばった。天晴れだ。褒めて遣わす」

「だ、だから……ッ！　僕は——……」

「もう無理はしなくても良いのだ。しょせん、女は王にはなれん」

「～ッ⁉」

「だがな、俺は、そんなお前を心底美しいと思った。あらゆる逆境の中で、民のために戦うお前という女は、この世界に存在する億万の至宝に勝る。

お前こそ、世界の頂点に立つ俺の后に相応しい、至高の女だ。

お前のこれまでの尊き功績に免じ、俺から褒美をくれてやろう。俺のものになれ、アルマ姫。お前を、王という重責から俺が解放してやろう」

「……だ……」

「そなたのような可愛く美しい女に、政だの戦だのは似合わぬ。蝶よ花よと愛でられていれば良い。人の上に立つより、俺の下で艶やかな音色を奏でる楽器となれば良い。

それが女の幸福だ。俺がそれを与えてやる」

「黙れぇぇぇぇぇぇぇぇぇぇぇぇ——ッ！」

最早、我慢ならずアルヴィンが激昂した。

「それ以上の侮辱は……それ以上の……ッ！」

自分は女じゃないと否定することも忘れ、アルヴィンはウォルフへ剣を構える。

これほどの侮辱を受けたのは、アルヴィンの人生で初めてだった。

かつて、アルヴィンが固めた覚悟、女としての幸福を捨てる決意、耐え続けた艱難辛苦、何度も逃げ出したくなって、それでもこの道を歩み続けることを選んだ信念。

そんな、今のアルヴィンを形成する一切合切の何もかもを。

このウォルフという男は、今、悉く足蹴にして踏みにじり、上から無価値と嘲笑ったのだ。ただの女を美しく飾る化粧だと断じたのだ。

許せない。

そんなの許せるはずがない。

だから。

「あああああああああああああああぁぁぁぁ——ッ！」

アルヴィンが——駆けた。

剣を振り上げ、ウォルフに向かって全身全霊、一直線に駆けた。

なんとしても、一刀を。

自分の全ての意地と誇りにかけて、一刀を。

せめて一刀、ウォルフに浴びせてやらねば気が済まない。

だが、そんな乱れて雑念混じりの剣など、誰にも届くわけなかった。


「……ふっ」


ウォルフはアルヴィンの自暴自棄の突進を、するりとすれ違うようにかわし――

ひゅんひゅん、と。二度、剣を振るう。

次の瞬間。

びっ！　アルヴィンの胸元が……斬り裂かれていた。

「……あ……」

呆気に取られるアルヴィン。

まるで、瑞々しい果実の皮をそっと剝くように、アルヴィンの衣服の胸部が、ぱらりと解けて開かれていって……その胸元が白日の下に晒される。

瑞々しい白い肌。控えめではあるが、清楚で美しい丘陵を描く二つの膨らみ。
明らかに〝男の性〟ではありえない、その造形美。

「～～～～～～～～ッ⁉」

咄嗟にアルヴィンが剣を放り捨て、両手で胸元を隠して蹲るも。
今の今まで、アルヴィンとウォルフの決闘を縋るように見守っていた、その場の一同は
……否応なく見てしまった。知ってしまった。

「お、おい……見たか……？　今の……」
「う、嘘だろ……」
「ま、まさか……そんな……」

動揺と混乱は、観客席をたちまち津波のように呑み込んでいく。
アルヴィンが女性であることを初めて知ったブリーツェ学級の仲間達も、唖然と口を開けて、アルヴィンを見つめるしかない。

「……ぁ……あぁ……あああ……ッ!?」

当のアルヴィンもすっかり動揺し、混乱しきっていた。

ただ、胸元を隠したまま蹲り、ガタガタと震えるだけだ。

取り返しのつかないことになってしまった……その悔恨と恐怖から、目からボロボロと涙を零しており……その様は、まさしくか弱い少女そのものだ。

そんな弱々しく哀れなアルヴィンを見下ろし、ウォルフが言い放った。

「はははははははは——ッ！　なんだ、アルヴィン王子!?　王たる者が、倒すべき敵の眼前で剣を放り出すとは何事か!?　男がそのような無様をすると思うか!?　わかっただろう!?　お前は女なのだ！　女は女らしく——……」

どくん。

その時、ウォルフの心臓が〝死〟の恐怖に震えた。

全身から一気に冷や汗が吹き上がり、体温が一気に下がった。

「……はっ!?」

気付けば。

いつの間にか、茫然自失のアルヴィンの傍らにシドがいる。

ウォルフに無防備な背を向け、アルヴィンの肩に脱いだ自分のマントをかけてやり、その暴かれた身体を観衆達の目から隠してやっている。

「…………」

シドは……無言だ。

アルヴィンに向き合い、決してウォルフを見ようとしない。無色透明なその気配。殺気も、敵意も、怒りすらも、その背中からは何も感じられない。

だが、ウォルフの本能が確信していた。

今、シドが〝その気〟だったら、自分はとっくにこの世にいなかったのだ、と。

「ウォルフ皇子殿下」

「──はっ⁉」

名前を呼ばれて、初めて気付く。

自分の視界の中に、白騎士が居たことを。

白騎士が、シドから自分を守るように立ちはだかっていたことを。

あまりもの濃い〝死〟の気配に、ウォルフはそんなことにすら気付かなかったのだ。

そして、荒い息を吐きながら、悪夢を堪えるウォルフの前で。

「あ、アルヴィンッ！　アルヴィン……ッ！」

「王子様！　お気を確かに……ッ！」

我に返ったテンコやユノが、茫然自失するアルヴィンの元へ駆け寄ってきている。

イザベラが周囲の半人半妖精達を集め、もの凄い剣幕で何らかの指示を飛ばしている。

最早、決闘の雰囲気ではなかった。

「まったく、無様なものだ」

ふと、白騎士がアルヴィンを見ながら、そんなことを呟いた。

それは何かの偽装魔法だろうか？　その声は、男なのか女なのかも判断つかない。

だが、白騎士が泣きながら茫然自失するアルヴィンの姿を流し見て、心底蔑んでいるような、愉しんでいるような……そんな雰囲気だけは伝わってくる。

白騎士が滲ませてみせた、その微かな闇に。

ウォルフは、どこか背筋が冷えるようなものを感じた。

「さて、この場は如何致しますか？」

白騎士のそんな問いかけに。

「ふ、ふん。色々と興が冷めたわ」

ウォルフは、祭は終わりだと剣を納める。

「まぁいい。当初の予定通りだ。これでこの王国に特大の楔を打った。これで、アルヴィンの最後の砦……守るべき民達からもアルヴィンは見放される。後は、ゆっくりとこの国を手中に収め、アルヴィン……否、アルマ姫を俺のものにするだけだ。ははははは……ッ！　はははははははははははははは——ッ！」

そう言って。

ウォルフはわざとらしく高笑いし、ばさりと踵を翻し、その場を去って行く。

まるで勝者の凱旋のように威風堂々としているウォルフだが……本人は気付かない。

「…………」

何も言わず、ウォルフを一瞥すらせず、無言で背中を向けるシドの姿。

そんなシドから少しでも距離を取って離れようと、逃げるように足早になっている自分の心理にまったく気付いていない。

そして、そんな去り際。

ウォルフを守るように、シドとの間に位置どる白騎士が、ぼそりと呟いた。

「……シド＝ブリーツェ。仕える主君を間違ったな」

「…………」

聞こえたのか、聞こえていないのか。

結局、シドは何も答えないのであった――

# 第四章　新たなる決起

「いやはや、本当に大したものですわ、ウォルフ皇子殿下」

　そこは王都の高級住宅街に築かれた、アンサロー公別邸。

　豪奢な調度品が揃うその貴賓室内に、ウォルフへの賞讃の言葉が響き渡った。

　室内には、アンサロー公、デュランデ公、オルトール公ら三大公爵達と、招かれたウォルフが、ワイングラスを片手にオークのテーブルを囲んで会談を行っていた。

「ええ、まったくです。此度の皇子の策略、手際……実に見事。最早、このキャルバニア王国は皇子殿下の手中にあると言っても過言ではありません」

　三大公爵達は、ソファーに足を組んで尊大に腰かけてワインをあおるウォルフへ、次々と媚びるような言葉を投げかけていく。

「……ふん」

　あまり相手にせず、ウォルフはグラスを干し、さらなるワインを注いだ。

　構わず、三大公爵達は続ける。

「ようやくだ！　ようやくこれであの目障りなキャルバニア王家を失墜させることができたのだ！　これからは、皇子殿下の元で、存分に戦の歓喜を味わうことができるッ！　がはははは！　腕が鳴るわ！」

以前から領土拡大といった国益よりも、ただ戦争のために他国を侵略したくて仕方なかったデュランデ公が、とても上機嫌で叫んだ。

「これからは激動の時代でございます。アルヴィンの如き弱き王では、この国と民はとても生き残れません。

ウォルフ皇子殿下のような真に強き王者こそ、全てを統べるに相応しき御方。このオルトール公、貴方様の覇道に全身全霊でもってついていきますわ」

そう語るオルトール公は、自分さえ良ければ、他人などどうなってもいい、自分が贅を尽くした生活ができるのであれば、国がどうなろうが知ったことではない……そういう人物だ。ゆえに沈みかけの泥船を捨て、上手く勝ち馬に乗ることに大成功したことを、単純に大喜びしていた。

「しかし、殿下の先見の明は感服いたします。このルメイ＝ド＝アンサロー、陛下の覇道の礎となれたこと……真に光栄でございます」

何を隠そう、このアンサロー公こそがいち早くウォルフとの渡りをつけた張本人だ。典型的な長いものに巻かれろタイプ……自分が帝国の版図(はんと)に良(い)い形で食い込むことができ、その自身の手腕に自己陶酔しているようであった。

三人とも、ドラグニール帝国がキャルバニア王国を併合した後、ウォルフの名代として元・王国領を三大公爵家に統治させることを約束した瞬間、あっさりとアルヴィンを裏切ってウォルフに忠誠を誓い、寝返った次第であった。

「それにしても、殿下の覇道を支えるこの人工妖精剣(スピリット・ギア)は実に素晴らしい！」

デュランデ公が、腰に下げたどこか絡繰(からくり)細工じみた剣――人工妖精剣(スピリット・ギア)を見やる。

「ええ、まったくですわ。まさか斯様(かよう)な剣がこの世にございましたとは」

「神霊位(アツィルト)妖精剣がまるでナマクラに思えるような、この凄(すさ)まじい力……これこそが新時代の剣。この力を知ってしまえば、最早、旧来の古臭い妖精剣には戻れませんね」

オルトール公も、アンサロー公も自分の腰に下げた人工妖精剣(スピリット・ギア)を愛(いと)おしそうに撫(な)でる。

実は、三大公爵達はウォルフの傘下(さんか)に入ったと同時に、その主従の証(あかし)として人工妖精剣(スピリット・ギア)をウォルフから授かっていたのである。

その人工妖精剣(スピリット・ギア)の圧倒的な力に心を奪われ、今まで生死を共にした自身らの妖精剣には、もう見向きもしない。

最早、完全に帝国へ魂(ウィル)を売ったようであった。

「うむ！　これさえあれば、もうあの《野蛮人》など恐るるに足らず！」

「嘆かわしいことに、〝ウィル〟などという旧時代の化石のような技術が、若い従騎士達の間で流行し始めており、それを教授するシド卿へ信望が集まりつつありましたが……これで皆、目を覚ますことでしょう」

「そうですわね。帝国に従えば、これだけ簡単に最強の力が手に入ってしまうんですもの……〝ウィル〟なんて、これからの時代に必要のない技であることは明白ですわ」

「然り。であるならば、ウォルフ皇子殿下に譲り受けて貰った人工妖精剣は、まず我々が信頼できる騎士達を中心に逐次、配備して……」

そんな三大公爵達の嬉々として盛り上がる談義を前に。

（フン。売国のクズどもが）

ウォルフは呆れ果てながら、心の中で唾棄していた。

正直、ウォルフは三大公爵達のことをまったく信用していない。

一度裏切った者は、何度だって裏切るからだ。

だが、いかに帝国のインペリアル騎士団が強大とはいえ、三大公爵家達が保有する妖精騎士団の戦力は、決して軽視できるものではない。

真っ向からぶつかれば、それなりに被害が出るし、北の魔国の脅威が日々強まるこの情勢下、それは避けたい事態ではある。

こうして抱き込めるならば、抱き込むのが得策だ。提供する人工妖精剣(スピリット・ギア)の数を調節すれば、この程度の愚物ら、どうとでも御せる。

どうせ、いつか寝首を掻(か)いてやろうと画策しているのは、お互い様だ。こんな獅子身(しし)中(ちゅう)の虫(むし)どもを飼い慣らせずして、何が覇王か。

そして、何より……

（アルヴィン……いや、アルマ姫をこの俺の手中に収められるなら、こんなクズ共でも抱き込むくらいやってやるわ）

不敵にほくそ笑みながら、くいっとウォルフはグラスをあおった。

そんなウォルフの内心など露知らず、三大公爵達の酒は進んで盛り上がる。

「しかし、まさか、アルヴィン王子が女だとは思わなかったわ！　アールド王め、やってくれる！　あの恩知らずの愚王め！」

「本当ですわ！　ああ、道理で先代の頃から、女性の王……即(すなわ)ち、〝女王〟を立てられるよう《湖畔の乙女》達が法整備を少しずつ進めていたわけですわね⁉」

「ですが、その法整備は進んでおらず、以前、女は王になれぬという掟(おきて)は、この王国の民の間に、根強く認識として残っているもの。つまり、もうアルヴィン王子は、決して王にはなれません」

「もし、王子が男だったならば、まだまだ王家派が王子を立て、逆転を狙ってくるかもしれなかったが、これでもう決まりだ！　我々の勝利！　ウォルフ皇子殿下の勝利だ！」

「我ら一同、未来永劫(えいごう)変わらぬ忠誠を、ウォルフ皇子殿下に！」

打ち鳴らされるグラスとグラス。

自分達の勝利と栄光を微塵(みじん)も疑っていない、その醜悪なる笑顔。

吐き気を催すその下劣さに嫌気がさし、ウォルフはその酒宴の席を立つのであった。


――――。


「アルマ……よくもまぁ、今まであのようなクズ共に囲まれ、それでも、あらゆる悪意からこの国を守ろうと、あの華奢(きゃしゃ)な身体(からだ)で耐え抜いたものだ」

外の風に当たろうと屋敷(やしき)の廊下を歩みながら、ウォルフは物思う。

「やはり、俺がやって来て正解だった。お前のような弱い女が、王の如き全てを背負う人柱となるのは無理だ。わざわざ不幸の道を、お前が歩む必要はない。

お前は、誰よりも幸せになるべき女なのだ。俺がお前を救ってやる。俺がお前を幸せをくれてやる。お前が望む物ならば、何もかも与えてやる」

そんなウォルフの脳裏に浮かぶ光景は。

遥か遠い過去——ウォルフの幼い頃の記憶であった。

「お前は、もう覚えてはいないだろうが……」

〰〰〰。

アルヴィンの父——先王アールドと、ウォルフの父——レギル＝ノル＝ドラグニールは、それなりに交友の深い、古くからの友人同士であった。

互いに互いの国家をよく訪問し合い、国交を深めていた。

そして、それは今から十年くらい前の頃だろうか？

一回だけ、レギルはウォルフを伴って、キャルバニア王国に訪問したことがある。

当時からヤンチャ坊主だったウォルフは、父とアールド王が会談する最中、配下の者達の目を盗んで抜け出して。

広いキャルバニア城内を、勝手に彷徨い探索していた。

彷徨うちに、ウォルフは王城内にある、とある異界内に迷い込み……出会ってしまったのだ。アルヴィン──アルマ姫に。

それは、まったくの偶然だった。

当時から、将来、王となるべく、普段は男の子アルヴィンとして振る舞うことを強制されていたアルマ姫であったが、幼い子供に四六時中それを強いるのは酷だ。

ゆえに、限られた日だけ、城内に存在するとある秘密の異界内においてのみ、女の子アルマに戻ることを許されていたのである。

子供の方が妖精の存在を知覚しやすいのと同じように、妖精界の一部でもある異界内にも、子供の方が偶然、迷い込み易やすい。

だから、その日、その時、その場所で、ウォルフがアルマと出会えたのは……本当に、まったくの偶然……運命の巡り合わせとも呼べる奇跡であったのだ。

普通ならば、絶対に有り得ない邂逅かいこうが、その日、成ったのだ。

「あははっ！　ねぇねぇ、君、誰⁉　どこから来たの⁉」

異界内──陽光降り注ぐ、穏やかな泉の傍そばで。

可愛らしい白のドレス、キラキラと光る明るく綺麗な金髪、青玉のように吸い込まれそうな瞳、弾けるような笑顔。この世界に悪意が存在するなどまるで知らないような、あまりにも穢れなき純粋無垢さ。

一種、神々しさすら覚え、触れることすら憚られる……そんな無邪気なアルマの姿が一瞬でウォルフの魂を貫いた。その総身に衝撃が走った。

自身の全てが、その瞬間、アルマのものになった。

当時のアルマはまだまだ幼い少女、自身が女の子であることが世間にバレてしまうことの重大さを、まだよく理解していない。

だが、当時から聡かったウォルフは、こんな秘密の場所にいたアルマを、自分が見てしまったことは、断じて内密にせねばならないと、なんとなく察した。

ゆえに、咄嗟に偽名を名乗り、身分を偽るウォルフ。

そんなウォルフ少年へ、純粋無垢なアルマは何一つ疑うことなく微笑みかける。

ウォルフの手を取る。

「ねぇねぇ、今日はテンコがいないの！　だから、一緒に遊ぼうよ！」

そうして。

眩い陽光が降り注ぐ泉のほとりで。

アルマとウォルフは丸一日、転がり回るように遊び倒した。

野を駆け回り、泉で水を掛け合い、手を繋ぎ、ころころと笑い合って——

楽しい時間はやがて飛ぶように過ぎ去り、アルマと会って遊んだことを決して知られてはいけないウォルフは、アルマに導かれて、こっそりと名残惜しく別れる。


「また……いつか、一緒に遊ぼうね」


結局、最後まで。

アルマの笑顔は、ウォルフの心を鷲掴みにして離さなかった。

そして——アルマとはそれきりだった。

あれから色々とあって、ウォルフが王国の地を踏むことはなく……二度と二人が会うことはなかったのだ。

今の今までは——……

〜〜〜〜。


「アルマ。俺は……お前を救いに来たのだ」

いつの間にか、王都の街並みを見渡せるテラスに出ていたウォルフは、誰へともなくそう呟いていた。

夜気を孕んだ風がウォルフの髪を揺らす。

「女のお前は、王になどならなくていい。俺の傍で無邪気に笑っていればそれで良い。お前は何も考えず、俺の言うことだけ聞いていればいい。色々と酷なこともしたが、それも結局は、お前のことを思えばこそ……」

と、その時だった。

「ウォルフ皇子殿下」

ふわり、と。

空間の闇の中から染み出すように、一人の女が現れた。

白いローブを目深に深く被った、妖艶な女だ。

声の質からして、ウォルフとほぼ同年代の少女であることはわかるが……その身に纏う雰囲気は、どこか異様だった。

「お前か」

だが、ウォルフは特に警戒もせず、その女に向き合った。

それもそのはず。

その白い女は、今のウォルフ一の腹心。

今現在のウォルフの躍進を支える功労者なのだ。

人工妖精剣を開発し、その量産体制を整え、帝国軍に配備したのも彼女。

圧倒的な武を誇る白騎士を、ウォルフの配下に連れてきたのも彼女。

腰抜けな穏健派の先帝に毒を盛って重篤な病に見せかけ、帝国の主導権をウォルフに握らせたのも彼女。

王国の三大公爵家との最初の交渉を取りまとめたのも彼女。

他にも様々な形で、ウォルフの覇道に貢献している。今や、ウォルフ陣営になくてはならない人材だ。

「西の様子はどうだ？」

「ええ、万事問題なく。これから王国側がどう動こうが、十重二十重に張った策が、王国軍を搦め捕りましょう。根回しは完璧。殿下の勝利は最早、確実ですわ」

「そうか、ならば……」

「ええ、後は殿下の悲願を達成するのみ……アルヴィン王子――否、アルマ姫を殿下の手中に収めるのみ。

殿下は、かの聖王の末裔たる女を后に迎え入れることで、この大陸で二番目に強大な国家であるキャルバニア王国を完全にその手中に収めることになりましょう。

そして、それを機に殿下は帝位を戴冠……そこから吟遊詩人達が幾星霜と渡りて歌い語り継ぐ、史上最高の覇王の英雄譚が始まるのですわ。

そう――伝説時代の古き詩など、完膚なきまでに風化させてしまうほどに」

「そうか。そうだな……ふっ……ははは……あはははは……ッ！　あーっはははははははははははははははははははははは――ッ！」

夜のしじまに、ウォルフの高笑いが木霊するのであった。

そして、そんな己の勝利と栄光を信じて疑わないウォルフの姿を。

「…………」

その白い女はフードの隙間から見つめて、微笑んでいた。

妖艶に、妖しく、不気味に。

まるで暗闇にすっと朱を引くように、薄ら寒く微笑み続けるのであった――

――。

人の口に戸は立てられぬもの。

〝アルヴィン王子は、実は女性〟――その噂は、たちまち宮廷内はもちろん、王都中を駆け巡った。

今や、王国中の誰もが、その話題で持ちきりだった。

――。

ブリーツェ学級の教室内にて。

「そうだったのか……」

テンコの語ったアルヴィンの身の上話に、ブリーツェ学級の生徒達が神妙に頷いた。

「アルヴィンのやつ……そんな重てぇもんを抱えてたなんて……」

「心中、察するに余りますわ……いえ、そう言うのもおこがましいですわね」

クリストファーが拳を固めて呻き、エレインがため息を吐く。

「ぐすっ……ひっく……アルヴィン王子様……お辛そうな素振り、まったく私達には見せなくて……いつも、前向きで、気丈で……私達のために……」

リネットは、グズグズと泣きじゃくっている。

そんな一同を前に、テンコが続ける。

「それが、王家に生まれた定めだって、アルヴィンはいつも言ってました。女としての幸福を捨て、この国のために王となる……そんな風に覚悟を決めて……ずっと頑張って……なのに……なのに……ッ！」

テンコは顔を真っ赤にして歯を食いしばり、ギリギリと刀の柄を握りしめる。堅く瞑られた目尻からは、やはり涙がボロボロと零れていた。

「あの男……許さない……ッ！　いつか叩き斬ってやる……ッ！」

そんなテンコの憤りに、その場の誰も何も言えなかった。

と、そんな時。

「まぁ、大体の事情はわかった」

どこか冷めた調子で、セオドールが言った。

「現実的な話をしようか。皆はこれからどうするつもりだ？」

「ど、どうするつもりって……どういうことだよ……？」

クリストファーが目を瞬かせると、セオドールが淡々と応じる。

「以前はうやむやになったからな。あれから、さらに状況が変わって……そろそろ本気で考えなきゃいけない頃だと思ってね」

すると。

「どうするもこうするもありません！　私はいつだって、アルヴィンの味方です！」

「テンコ先輩の言う通りですッ！　王子様は私の命の恩人ッ！　女だろうが、男だろうが関係ありませんッ！」

たちまち、テンコとユノがそういきり立つ。

「はぁ……やっぱりわかってないな、バカ組」

セオドールは深いため息を吐き、説明を始めた。

「いいか？　君達がアルヴィンに肩入れする心情はわかるが……この国では、女は王になれない。そういう掟だからだ。そういう法律だからだ」

「……ッ！」

「なぜ、ブリーツェ学級などという、キャルバニア王立妖精騎士学校の伝統を破壊する特別学級ができたかわかるか？　それは、曲がりなりにもアルヴィンが次期王位継承者だったからだ。だが……その最大の大義名分は今や失われた」

「……あ……」

「つまり、もうこのブリーツェ学級(クラス)は沈みかけの泥船だ。そもそも学級(クラス)はおろか、この王国が今後存続できるかどうかも怪しい状況だ。

このままアルヴィンについていたら、僕達は騎士になることは不可能だ。だから僕が言っているのは……今後の自分の身の振り方をどうするか？　という意味だ」

「そ、それって……」

「幸い、シド卿(きょう)に鍛えられた僕らの実力は、すでに学校内に広く知れ渡っている。今からでも打診すれば、三大公爵家派閥のどれかが拾ってくれるかもしれないな」

そんな風に冷笑するセオドールを。

「お前……ッ!?」

クリストファーが胸ぐらを摑(つか)んで睨(にら)み付ける。

「まさか、アルヴィンを裏切るっていうのかッッッ!?」

「裏切る裏切らないの話じゃない！　僕は現実問題の話をしてるんだッ！」

セオドールが負けじとクリストファーを睨み返す。

「確かにアルヴィンには悪いとは思う！　だが、これは僕達にとって考えることを避けては通れない問題なんだッ！　逃避せず、ちゃんと向き合って考えるべきことだッ！　何も考えず勢いで突っ走って、後悔しても遅いんだぞ⁉　わかってるのか⁉」

「……ッ⁉」

「ところで、テンコ。ユノ。まぁ、君らはどうせ、僕がこうまで言っても無条件でアルヴィンにつくつもりなんだろう？」

セオドールが、テンコとユノを流し見る。

すると。

「当然ですッ！　たとえどんなことがあっても、私はアルヴィンの騎士です！　地獄の底に落ちようとも、私はアルヴィンについていきます！」

「私もです！　私の命は王子様のものなのですからっ！」

「──だ、そうだ」

セオドールは肩を竦めて、再びクリストファー達に目を向ける。

「彼女達のように〝覚悟〟があれば、それでいいさ。だが、君達はどうだ？　彼女達ほどの〝覚悟〟はあるのか？　後悔しないのか？　騎士になりたいんだろう？　ならねばならない理由があるんだろう？」

「……う……」

クリストファーが押し黙る。

エレイン、リネットが押し黙る。

その場の全てのブリーツェ学級(クラス)の生徒達が押し黙る。

「お、俺は……」

クリストファーは騎士になりたかった。それが子供の頃から夢と憧れだった。騎士になれない人生など死んだも同然だ。

「……私は……」

エレインも騎士にならねばならなかった。落ちこぼれゆえに、実家を勘当されたエレインには、騎士になって新たな家名を立てるしか生き残る道がない。

「うぅ……ぅあ……ああ……私……私はぁ……」

リネットも騎士にならねばならない。没落した家の家族の生活を支えるには、自分が騎士になって稼ぐしかないのだ。

無論、他の一年従騎士(ファースト・スクワイア)達も例外ではない。

こうして、様々な試練を越えて、キャルバニア王立妖精騎士学校に入学した以上、それぞれの〝騎士になりたい〟、〝ならねばならない理由〟が存在する。

綺麗事(きれいごと)だけでなく、現実的にこれからの身の振り方を考えなければならない時がやって来たのだ。

「「「…………………………」」」

重苦しい沈黙が、教室内を支配する。

誰も、何も言えない。

そんな鉛のような時間が、ゆっくりと無作為に続いていく。

そんな沈黙を破るように。

「……お前は……どうするつもりなんだ……？　セオドール……」

クリストファーが俯いたまま、ボソリとセオドールに問う。

「お前は俺達の中で一番、頭良いよな……お前は一体、どうするつもりなんだ……？」

「僕が、どうするつもりかだって？」

すると。

何を今さらと、セオドールは眼鏡を押し上げて言い放った。

「そんなの決まってるだろう？　僕はこの国で成り上がるために、この学校にやって来たんだ──……」

――――。

「イザベラ殿ッ！　これは一体、どういうことですかッ⁉」

現在、王家派の会議室は大絶賛紛糾中だった。

国政を担う大臣や国防を担う騎士達が、ひっきりなしにイザベラへ問いを投げる。

「アルヴィン王子が、女だったなんて聞いてないぞ⁉」

「貴様は、我々を騙したのかッッッ⁉」

「いえ、そんなつもりは」

イザベラは淡々と弁明を続ける。

「全ては国の将来を憂う先王アールド様の御意志と判断……当時は王位継承者不在の中の政権安定化のため、そうせざるを得なかったのです。とはいえ、私も荷担していたことは事実。その点は本当に申し訳ありませんでした」

「ふざけるな、謝罪などいらんわ！　一体、どう責任を取ってくれるのかね⁉」

「女では……女では、王にはなれぬではないか……ッ⁉」

「ことの重要さをわかっておられるのですか⁉　このままでは、あの小癪な三大公爵家と憎き帝国に、この国を乗っ取られるのですぞッ⁉」

「いや、今はそんなことを言ってる場合じゃありませんぞ、アイゼス卿！　今からでも、王子が女だったという事実を隠蔽するため、箝口令を──」

「もうとっくに遅いわ！　王都民の全てが知っているわ！」

「いや、今はそんなことよりも、王子が女だったことについて、もっと説明をッ！」

「だから、そんなことよりも、これからどうするかが先で──ッ！」

「その前に責任は⁉　この件の責任はどうする⁉」

「おい、貴様は何度同じことを言えばわかるのだ⁉　全ては王の意志だったとイザベラ殿も言っていよう⁉　我々はそれを尊重すべき──ッ！」

「だから！　そんなことより──」

先ほどから、議論は蒸し返し繰り返しの堂々巡りで何一つ進展しない。

建設的な意見など出ようはずもない。

「いっそのこと、ウォルフ皇子殿下の要求通り、アルヴィン王子……否、アルマ姫でしたかな⁉　彼女をドラグニール皇室へ嫁がせては⁉　そうすれば──……」

「貴様ぁあああ──ッ！　その発言は断じて許さんぞぉおおお──ッ！」

「それでも王国の、聖王様の臣か⁉」

とうとう大臣達の取っ組み合いの喧嘩が始まった。

イザベラは、まるで遠い世界の出来事のように、紛糾する一同を眺めている。

(正直、キャルバニア王国は窮地に立たされています。宮廷内は麻のように乱れ、統一的な意志決定、国家運営は何一つできなくなった……)

何しろ、アルヴィンが次期王位継承者、偉大なるアールド王の正統後継者という錦の御旗が消えてしまったのだ。

そこに、あくまで王家に忠誠を誓う者、女のアルヴィンには忠誠を誓えないと言う者、まだ己の立ち場と主張を決めかねているもの……様々な意志と思惑が入り乱れ、ただでさえ三大公爵家の裏切りで乱れていた宮廷内は混沌の極みだ。

今や、キャルバニア王国は、完全に沈みかけた泥船。

きっと、この中に集う者達の中にも、今からでも三大公爵派や帝国に渡りをつけようと密かに画策している者も居るのだろう。

だが、こんな明日が見えない状況で、イザベラが一番に思うことは——

(アルヴィン……お可哀想に……)

ただ周囲の都合と運命に翻弄された、哀れな少女を思う。

アルヴィンは何一つ悪くなかった。理不尽な役割を課せられてしまったが、それを一生懸命真っ当しようとしていた。

この国のためにその身を尽くそうとしていた。そのために、今まで様々なことを犠牲にし、ずっと頑張ってきた。彼女なりに良き王たらんとしてきた。

だが——その結果がこれだ。

アルヴィンは、その半生をかけて積み上げてきたことを、一瞬で無惨に否定され、完膚なきまでに崩されてしまったのだ。

それは、あまりにも残酷な結末ではないか。

この状況を作り出したウォルフと三大公爵達が、イザベラは最早百回殺しても飽き足らないほど憎かった。

(それでも、私には……アルヴィンに何も言う資格はありません……)

それしか道はなかったとはいえ、アルヴィンをこんな残酷な結末に追いやってしまった要因の一人なのだから。

(もし……今、アルヴィンに何かを言葉をかけられる者がいるとするならば……それは……)

イザベラの脳裏に思い浮かぶ者は、一人しかいない。

伝説時代最強と謳われた騎士。

それは悪鬼羅刹の《野蛮人》か。

はたまた救国の英雄《閃光の騎士》か。

未だ謎多き男。

ただ、間違いなく言えることは、彼が騎士の中の騎士であるということ。

シド＝ブリーツェ。

今、アルヴィンに何か言葉をかける資格がある人物は、彼に他ならない――

（私は、あの子が子供の頃から、ずっとあの子を見続けてきた……血の繋がりはないとはいえ、あの子は私の娘も同然……お願いします、シド卿……どうか、アルヴィンをお救いください……どんな形でも構いません……あの子に救いを……ッ！）

己の無力さを悔恨しながら。

イザベラは只一人、心の中でそう祈り続けるのであった――


――。


「やっぱり、ここに居たか、アルヴィン」

「…………」

そこは、王城のアルヴィンの自室に設置されている鏡から通じている、秘密の異界内。

緑鮮やかな森の中にある、美しい泉の畔(ほとり)であった。

降り注ぐ暖かな陽光。

そよぐ心地よい風。

耳をくすぐる小鳥の歌声、感じる妖精達の気配。

幻想的で美しい風景の中に、アルヴィンは居た。

膝を抱きかかえて座り込み、眼前の風景をぼんやり眺めていた。

「探したぞ。まったく手間をかけさせてくれる」

シドが頭をかきながら、アルヴィンの下へと歩み寄っていく。

シドの気配に気付いたアルヴィンが、ぼそりと呟(つぶや)いた。

「皆に……合わせる顔がなくて……」

「！」

シドがふと、足を止める。

見れば、アルヴィンの姿が劇的に変化していた。

いつもは魔法の櫛(くし)で髪を短くし、従騎士(スクワイア)制服にピシリと身を包む、美しくも凛々(りり)しい男装であったが、今はまるで違う。

流れるように伸ばされた長い金髪。その身に纏う白いドレス。

いつも肌身離さず佩いていた、妖精剣はどこにも見当たらない。

最早、何も隠さず、何も取り繕うこともない。

女としてのアルヴィン──アルマ姫の姿が、そこにはあった。

「あはは、驚きました？」

アルマがはにかむように笑い、そっと立ち上がった。

「このドレス……私に似合っていますか？」

「………………」

「自惚れかもしれませんが、私は凄く似合ってると思うんです。こうやって、きちんと女の子として着飾ると、結構いけてるかもと思ったりして」

アルマは茶目っ気たっぷりにそう言い、ドレスのスカートの端を摘まんで、優雅にくるりとまわってみせる。

ふわりと広がるスカートのフレア。さらりと流れる金の髪がキラキラと輝く。

そんな彼女は夢のように美しく……まるでお伽話に登場するお姫様だ。

「ねぇ、どうですか？　シド卿。似合っていますか？　私、可愛いですか？」

すると。

シドが、ふっと穏やかに笑みを浮かべて言った。

「ああ、とても良く似合っているぞ。正直、伝説時代でも、お前ほど美しい姫君はいなかった」

「本当ですか!? 良かった! ふふっ、嬉しい……」

本当に嬉しそうに、幸せそうに、アルマは微笑んだ。

そして。

しばらくの沈黙の後、アルマが改まってシドに振り返る。

そして、言った。

「シド卿。私、決めました」

「…………」

「私……ウォルフ皇子殿下に嫁ぎます。この国を……彼に託します」

無言で、アルマを見つめるシドへ、アルマは続ける。

「もう、何もかも終わりです。魔法は解けてしまいました。私は、もう王にはなれません……ううん、女とか男とか関係なくて……やっぱりそういう器じゃなかったんです」

「…………」

「それでも、私には王家の者として、この国の民を守る義務があります。女の私にできることは多くありませんが……それでも何ができるか、よく考えました。

その結果……やっぱり、私がドラグニール皇室に嫁ぐことが一番だと思ったんです」

「…………」

「そうすれば、王国は帝国と一体化します。隷属国には過酷な扱いをするウォルフ皇子殿下ですが……妻の私の故郷ということであれば、少しでも手心を加えてくれるかもしれません。うん、私が我慢すれば……皆を守れる……皆を幸せにできるんです」

「…………」

何かを自分に言い聞かせるように、自分を納得させるように語るアルマに、シドはただただ無言を貫き続ける。ただ、じっとアルマを見つめ続ける。

「実は私、別にそれほど悲観してないんです。だって、国や民のために自分を殺して耐えることは……今までやってきたことと全然変わりませんから。

今回は、ただそれを、男としてではく、女として果たすだけですから。

い、いや、もうそうするしかないんです。もう仕方ないこと、なんです」

「…………」

「シド卿……こんなつまらない私のために、今までその剣を捧げてくれて……本当にありがとうございました。

やっぱり、私は貴方のような騎士の主君になれる器じゃなかったんです。なのに、貴方はその優しさで、私みたいな者に従ってくれて……一時でも貴方の主君になれて……私、本当に幸せでした……だから……」

ぽろぽろ、と。

アルマがその目尻から涙を零し始めた……その時。

今まで無言を保ち続けていたシドが、不意に口を開いた。

「本当に、それでいいのか？」

はっと、顔を上げるアルマ。

そんなアルマを、シドはいつも通り穏やかな表情で、されど何か奥底を見透かすような深い目で見つめている。

そこに何かを叱責するような意図も、哀れむような意図もない。

ただ、一人の騎士として、アルヴィンと真っ直ぐ向き合っていた。

「……え……？」

「本当に、お前はそれでいいのか？　と聞いているんだ」

目を瞬かせるアルマへ、シドが含むように笑う。

「いやー、なんていうか。おかしいんだよな。らしくない」

「……はぇ……？」

「俺が今世で忠誠を誓った主君はな……まぁ、まだまだ未熟で危なっかしいヒヨコちゃんなんだが……少なくとも自身の足で歩き、自分の剣で道を開く……そんな〝覚悟〟を持ったやつだった。

俺は、お前のそんな姿に騎士として惚れ込んだわけだ。アルスルを生涯に唯一無二の主君とするという誓いを破り捨てて、お前に仕えることを選んだわけだ」

「…………」

「それが今回の一件に限って、らしくない。そうするしかない、仕方ない……周囲に流されて、なし崩し的に道を選び取ったつもりでいるだけだ。

お前の本心はどこにある？　俺には、まったく見えないな。

だから、俺は改めてこう問いを投げたわけだ。〝本当にそれでいいのか？〟と」

「…………」

「別に？　俺は、お前がウォルフ坊ちゃんを選ぶのが気にいらないとか、王を目指すのを止めるのが不服とか……そんなことはまったく思ってない。

そうするしかない、じゃなくて、〝そうする〟。

仕方ない、じゃなくて、〝それが自分の信じる正しい道〟。

お前が、お前自身の意志と選択でそれを選んだならば、俺は何も言わないし、俺はそんなお前を祝福し、これからも、お前のためにこの剣を振るう。

だが……どこをどう考えてもそうじゃないよな？」

「………………」

「大体さ。国のためにー、民のためにー、と言うが、プランが雑過ぎやしないか？

ウォルフ坊ちゃんみたいな天上天下唯我独尊男が、自分の嫁とはいえ、女の言うことをいちいち聞くわけないだろ？　ありゃ生まれながらの亭主関白だ。

色々理由つけて、この国も民も滅茶苦茶にしてしまうに決まってる……他の国と同じようにな。ちょっと冷静に考えればわかるだろ？

女に振り回されるお人好しの間抜け王は、後にも先にもアルスルだけさ」

くっく、と。

シドが何かを懐かしむように笑った。

一大覚悟を語ったつもりなのに、相変わらずいつも通り人を食ったような態度をまったく崩さないシドに、アルマはシドと出会って以来、初めて怒りを覚える。

「わかってないのは、シド卿ですッ！　私は女なんです……今まで隠していましたが、もう完全にバレてしまいましたッ！

こんな私には、もう誰もついて来ませんッ！　国も……民も……ッ！」

「それは、お前が勝手にそう思っているだけだ」

「わ、私は、もう王にはなれないんですッ！　〝女は王になれない〟……そんな掟がこの国にあるのは、シド卿もご存じのはずでしょうッ⁉」

「なんだ。あんなカビの生えた古臭い掟」

ふぁ～と、シドが眠そうに欠伸する。

「なんか、この時代の連中、勘違いしてるけどな。

女を王にしてはならないというのは、女に王という重責を背負わせない、それは男が背負うべきだ、という当時の騎士道的価値観から生まれたものだ。

今よりも、女の騎士の数がとても少なかった時代の慣習だ。男女平等に騎士になってる今とは、状況がまったく違う。

今みたいにさんざっぱら女を騎士にして戦わせておいて、王だけはダメとか、そんな筋の通らん話があるか」

「～～～ッ⁉」

「アルヴィン、聞け。掟は自らの弱さを戒めるためのものだ。より良きを目指す自分、強くあろうとする自分を縛るためのものじゃない」

シドの言葉に、アルマは目を見開いて絶句した。

「とはいえ、それなりに法的拘束力があるみたいだな。頭化石なやつもいるだろうし。まぁ、その辺りはイザベラがなんとかしてくれるだろ。イザベラを信じろ、あいつは仕事のできる良い女だ」

そして、シドは終始、とあることを大前提に、アルマに語り掛けている。

それは――アルヴィンが、まだ心の奥底で王となることを諦めていない、ということを。

「そんな……ッ！　そんなの……ッ！」

アルマが震えながら嗚咽する。

「無茶ですよ……その道にどれだけの困難があると……」

「今さらだ。元々無茶無謀だったろ。女であることを隠して王となるとか」

あくまで泰然自若としているシド。

「私ごときじゃ、本当にこの国を守れるかどうかわからない……ひょっとしたら、私が分不相応な高望みをしたせいで、もっと多くの民が無為に死ぬかも……」

「国の興亡に際したら、どんな王もその重圧と戦うもんだ。それを背負うのが王の義務……アルスルのやつだって、いつもそれに必死に耐えていた。国の存亡を分かつ戦争が、毎日のように繰り返し行われていた時代にな」

「そんな……だとしても、そんなの人として許されるわけが……」

「いいか、アルヴィン。お前は人ではない。王だ」

シドがアルマの両肩に手を置き、真っ直ぐと覗き込む。

「……ッ⁉」

「こればかりは、お前が男だろうが、女だろうが、まったく関係ない。

言わば、王という存在そのものが背負う原罪だ。

お前はすでに、王たる覚悟を固めたはずだ。後、大事なのは、お前にその力があるかどうかじゃない……お前が王としてどうしたいか？　だ」

「仮にそうするとして！　じゃあ、私は一体、どうすれば……ッ⁉」

涙交じりに、シドの胸元に縋り付いて叫ぶアルマへ。

「ふっ、王がすることなど決まっている」

シドは堂々と言った。

アルマの目をどこまでも真っ直ぐ見つめ、言った。

「命じろ、騎士に」

「お前は、王として皆の希望の光となればいい。民が自然とお前を王と崇めたくなる道を描き、掲げろ。妥協はするな。お前が思い描く最高の理想の国を目指すんだ。

それこそが、全てを導く希望の光となる。

そして──そこに至るまでの王の道を剣で敷くのが、騎士の役目だ」

「──ッ⁉」

「シド卿……ッ！」

アルマの顔が、今にも泣き出しそうなほどくしゃくしゃになる。

そんなアルマの頭を、可愛い孫をあやすように優しく撫でながら、シドが問いかける。

「だから言ったんだ。らしくない、と。今回、王命はまだ一度も下っていない。お前は王として何を目指す？　何をしたい？　俺にどうして欲しい？　お前の本当の意志は……目指す先はどこにある？」

「…………ッ！」

そう問われて。

アルマは改めて、自分の心の奥底に向き合うように押し黙り、考える。

深く、深く、考える。

そうすべきだ、それが合理的だ、それしかない、自分は女だ、自分にできるわけない……そんな雑音達を少しずつ削ぎ落とし、心の奥底に眠る丸裸の原石を探し出す。

そうやって長い沈黙の果てに、アルマが心の奥底から掘り出した答えは——

「……ウォルフ皇子には……この国を任せられない……」

「…………」

「確かに、私がウォルフ皇子と婚姻を結んで、王国が帝国の傘下に入れば……北の魔国の脅威からは逃れることができるかも……しれない……

でも……それじゃ王国の民は幸せになれない……ただ、生かされているだけ……長きにわたって、帝国の勝手な都合で自由を奪われ、富を搾取され、奴隷同然に飼われ……苦しみ続けることになる。

そんなこと……私には看過できないッ！　目を瞑ることなんてできないッ！

私は、本当に意味でこの国を守りたいッ！　キャルバニア王国の独立を守らなければ……自由と誇りを守らなければ、この国と民に明日はないんだ……ッ！」

「ならば、どうする？」

そんなシドの最後の問いかけに。

アルヴィンは顔を上げ、シドを目を真っ直ぐ射貫くように叫んだ。

「王命だ！　誇り高き聖王アルスルの系譜——アル、ヴィン＝ノル＝キャルバニアの名に於いて命ずる！

シド卿……天騎士（シュバリエ・ワン）決定戦で勝って！　帝国の騎士より、王国の騎士の方が圧倒的に上なんだと、この世界に証明して！

そして、帝国の侵略からこの国を守るため……僕と共に戦って！」

そんなアルマ――否、アルヴィンの必死に訴えに。

シドは、に、と笑う。

そして、恭（うやうや）しくアルヴィンの足元に跪（ひざまず）き……胸に手を当て、迷いなく宣言した。

「承知（イエス）だ、我が主君（ユア・マジェスティ）。我が身命に賭（と）して」

そうして、顔を上げてアルヴィンを見上げ、苦笑いする。

「ったく、世話が焼ける。最初から素直にそうしろって話だ」

「シド卿……僕は……本当に……ごめんなさい……」

ボロボロ泣きながら、アルヴィンが言った。

「何を謝ることがある？」

「だって……こんなの、完全に僕の我が儘（まま）だ……」

「王とは我が儘なもんだ」

「無謀だよ……一体、誰がこんなバカな選択をする僕についてくるのか……最悪、帝国に立ち向かうのは、僕とシド卿の二人だけ……そんなことにもなるかも……」

「大丈夫だ。慣れてる」

シドがまるで悪戯坊主のように笑った。

「伝説時代も、旗揚げの時は、俺とアルスルの二人だけだった。あの時の無謀を通り越したバカさ加減を思えば、今回はなんていうことはない」

「……あは、あはは……本当に、貴方って人は……あはははは っ!」

思わず、アルヴィンは笑ってしまう。

「シド卿がいてくれたら……本当になんだってできてしまう気がする……ありがとう……貴方が僕の騎士でいてくれて、本当に良かった……」

「勿体なき、御言葉だ」

そう言ってシドが立ち上がり、アルヴィンの肩を力強く叩いた。

「だがな、アルヴィン。お前は、最悪自分と俺の二人だけ……そう言ったがな。俺はそうは思わん」

「……え……?」

「まぁ、お前はどんと大きく構えていろ。なるようになるってやつだ」

――。

シドとアルヴィンは、異界からアルヴィンの自室に戻ってくる。

アルヴィンはいつもの従騎士装束に着替え、長い髪を魔法の櫛を使っていつも通りに短く戻す。一度は手放した愛用の妖精剣を、しっかりと腰に佩く。

そうして。

身支度を調えたアルヴィンが、シドを伴って自室から出た……その時だった。

「アルヴィン！」

その部屋の前には……無数の人影があった。

そこには、テンコを先頭にブリーツェ学級の面々が集まっていたのだ。

「ど、どうしたの？　皆……」

アルヴィンが目を瞬かせていると。

不意に、一同は一斉にアルヴィンの膝下に跪くのであった。

「えっ⁉」

「アルヴィン。ここに居る一同、あなたを主君と仰ぎ、あなたと運命を共にすることを誓う者達です。どうか我らが捧げる剣をお受けください」

テンコが柄にもなく改まってそう言う。

「ああ、俺はアルヴィンについていくぜ。大体、俺を拾ってくれたのはアンタだしな」

クリストファーが腹を決めたように言う。

「この国の未来を任せられる王は、あなたしかいませんわ、アルヴィン。あんな三大公爵家や帝国のボンボンになんて任せていられません」

エレインも不敵に笑いながら、そう言う。

「私も……私の家族を本当の意味で守るなら……守ってくれるのは……アルヴィン王子しかいないんですっ！　だ、だから……こ、怖いけど……ッ！」

こんな時でもどこかオロオロしながら、リネットがそれでも決意を語る。

「難しいことは全然わかりませんけど！　私の命は王子様のものです！　王子様が男性だろうが女性だろうが関係ありません！　む、むしろ女性の方が……きゃーっ！」

脳天気なユノがいつも通り元気一杯、無邪気に叫ぶ。

他にも、アルヴィンについていくことを決意したブリーツェ学級の生徒達が、次々と自身の決意を表明し、忠誠を誓う。

そして――

「僕はさ。この国でのし上がる……そう決めていたんだ」

少し離れた場所に立っていたセオドールがそう言った。

「はっきり言って、この状況で君についていくのは無謀だ。今からでも三大公爵家に鞍替えした方が百倍マシだと思ってる。だけど……分の悪い賭けは嫌いじゃない」

そう悪びれながら言って、セオドールがアルヴィンに跪く。

「冷静に考えて……僕だって、この国の王は君以外に有り得ないと思ってるさ。ふん、僕を失望させないでくれよ？　アルヴィン」

「み、皆……」

そんな風に自分を慕う者達を前に、目を瞬かせるアルヴィン。

そんなアルヴィンの肩を、シドが力強く叩いた。

「な？　言ったろ？　お前はお前が思っている以上に王の器なんだ。自信を持て」

「シド卿……」

「てなわけで。まぁ、とりあえずは……サクリと勝つか。天騎士決定戦」

シドが首をゴキゴキ鳴らしながら言った。

「あの小生意気なボンボンの鼻を明かしてやろう。我らが主君の確たる意志と決意を、盛大に突きつけてやろう。話はそれからだ」

「は、はい……ッ！　よろしくお願いします……ッ！」


――――。


王国が大混乱に陥る最中。

今まで頑なに出場を拒否していたシドが、アルヴィンの王命によって、天騎士決定戦に参戦を表明。

すでに王国最強と名高いシドの王命による投入は、言わば、アルヴィンのウォルフ皇子に対する、あまりにも明確な反逆の意志だ。

〝何を今さら？〟

〝勝ったところで何になる？〟

〝しょせん、女が粋がっているだけ〟

王家派、反王家派問わず、様々な風評が飛び交う中、時は飛ぶように流れ――

そして。

ついに運命の聖霊降臨祭の日が、やって来るのであった。

# 第五章　聖霊降臨祭

聖霊降臨祭。

それは、年明けの春先——三の月(マーチェ)の二十一日に行われる伝統祭事だ。

その日は、この世界に光の妖精神(エクレール)が降臨し、それまで〝冬〟しか存在しなかったこの世界に最初の〝春〟が生まれたとされる日。

当然、聖霊信仰が盛んな王国民にとって、とても大きな意味を持っている。

無論、このような状況下で、祭などやってる場合じゃない、即刻中止にすべき——そのような意見は派閥問わず上がった。

だが、祭事を取り仕切る《湖畔の乙女》の巫女(みこ)長イザベラは、なぜか頑として祭を断行したのだ。理由は誰もわからない。

とにかく、その聖霊降臨祭は、光の妖精神(エクレール)に新しい春の訪れを祝い、感謝するという趣旨のもので、その日は全ての民が様々な古きしきたりに沿って過ごすことになる。

日差しが差し込む南側の窓に、聖なるサンザシで作ったリースを飾る。

パロサントやサンダルウッドの香木を焚き、松ヤニの蝋燭を燭台に飾って燃やす。

地区ごとに設置されている妖精神殿へ家族総出で赴いて洗礼を受け、祭壇の前で妖精達へ感謝を送る歌を歌い、祈りを捧げる。

王都を過ぎるように流れているセントール河——妖精界の奥深くへと続いているとされているその河に、皆でオルダーの枝を浮かべ、流していく。

キャルバニア城の大神殿でも、《湖畔の乙女》達が主導して、様々なセレモニーが行われていく。

騎士や貴族達が見守る中、光の妖精神の加護を受けし聖王アルスルに連なるアルヴィンが祭壇の前で跪き、光の妖精神へ祈りの言葉を捧げる。

《湖畔の乙女》達が神前で祈祷を行い、舞を捧げる。

そのような不思議な慣習を、王都の全ての民が粛々とこなしていく。

朝から王都全体にわたって、厳かな雰囲気が流れて行く。

今となっては、その慣習の細かな意味は忘れ去られてしまっている。

ただ、古くからずっと行われ続け、親から子に引き継がれ続けて来た行事だ。これを行う事に疑問を差し挟む者はいない。

そして、そんな厳かな午前が終われば、午後から楽しいお祭り騒ぎとなるのも定番だ。

王都の広場のあちこちで火が焚かれ、人々がその周りで踊る。

子供達は様々な妖精の姿に仮装し、大人達にお菓子をねだって町中を練り歩く。

路上にはたくさんの露店が並び、宮廷から酒などが惜しみなく振る舞われ、芸人達が芸を披露し、王都全体が大活況の大賑（おおにぎ）わいとなる。

確かに、今は国家がどうなるのかの瀬戸際（せとぎわ）だ。

来年もこのような祭を開くことができるのかわからない、そんな状況である。

でも、だからこそ今年の祭を精一杯楽しもう、盛り上げよう……そんな信心深く前向きな国民性も相まって、祭は例年以上に熱気に溢（あふ）れていた。

あるいは、目の前の苦難を一時だけでも忘れたいという思いもあるのだろうが。

そして、そんな大騒ぎの最中。

多くの王都の民が大通りを通って跳ね橋を過ぎり、城門を潜（くぐ）り……キャルバニア城へと向かっていく。

目指すは、王都キャルバニアの一角に築かれた聖霊御前闘技場。

目当てはその闘技場で行われる、天騎士（シュバリエ・ワン）決定戦だ。

その天騎士（シュバリエ・ワン）決定戦も、聖霊降臨祭を形作る重要な儀式次第の一つ。

遥（はる）か伝説時代より存在するとされるその闘技場は、普段は決して立ち入ってはならないとされているが、毎年、聖霊降臨祭の日は全国民に開放され、王国一の騎士が決まる瞬間を誰もが見届けることができる。

騎士という存在そのものが、この国の民の英雄的存在であるがゆえに、その頂点に立つ者が誰なのか、民の誰もが注目している。

ましてや、今年の天騎士決定戦は、この国の運命を分かつ戦いだ。

今年の天騎士決定戦に対する民の関心は否応なく高まり、聖霊御前闘技場に集まる民の数は、例年を遥かに上回っていた。

そして、中央の円形フィールドをぐるりと囲むように設計された、すり鉢状観客席の一角――その最前列の一段高い場所に設置された、豪奢なテラス状の貴賓席にて。

「いよいよ、始まるのか……この国の命運を分ける騎士達の戦いが」

アルヴィンは、そこから眼下の光景を見据えながら一人ため息を吐いた。

アルヴィンがいる位置から反対側の正面には、巨大な光の妖精神像が立てられており、
眼下の円形フィールドを見下ろしている。

アルヴィンもこの国の人間。光の妖精神に対してはそれなりの信仰を持っている。

　そのため、神に全て頼りきるつもりはないが、この時ばかりは本当に縋り付きたい気分であった。

　そして、この天騎士決定戦で、シドが勝とうが負けようが、この国は大変なことになる。今日という一日が終わってからが、アルヴィンの真の戦いの始まりだ。

　本当に、自分がその道を歩んでいいのか？　今からでもウォルフに頭を下げ、彼に従った方が、この国を差し出した方がいいのではないのか？

　様々な悪い考えが、浮かんでは消えていく。

（だけど……それでも、シド卿……僕は……僕が本当に信じる道は……）

　と、そんな風に、アルヴィンが思索に耽っていた時だった。

「アルヴィン王子」

　不意に、背後から声がかかった。

　アルヴィンが振り返れば、そこには、ウォルフと三大公爵達の姿があった。

　帝国からの貴賓であるウォルフと、この王国の上層部たる三大公爵達には、当然、この場所に席があるので、ここにやって来たようだ。

「これはこれは、ウォルフ皇子殿下に公爵閣下達」

　瞬時に思考を切り替え、アルヴィンは堂々と慇懃に一礼する。

「本日は、我らがキャルバニア王国が誇る国事へのご参加、真にありがとうございます。貴国の騎士も参加するとのことですが、どうかごゆるりと──」

「どういうことだ、アルヴィン」

アルヴィンの挨拶に、ウォルフが苛立ち交じりに返した。

「はて？　どういうこと……とは？」

アルヴィンがすっとぼけたように返す。

「なぜだ？　なぜ、シド＝ブリーツェなる騎士をこの天騎士決定戦に参加させた？」

「…………」

「この俺が、物の道理のわからぬお前をわざわざ教え躾けてやったというのに……まだ、理解できないのか？　未来の主人たるこの俺に、そうも逆らってどうする気だ？」

睨み付けてくるウォルフの視線を、アルヴィンは毅然と受け止める。

「この俺の白騎士が負けることなど万が一にも有り得ぬが……そのお前の明確なる反抗の意志は不愉快だ。俺に逆らうな。俺の機嫌を害すな。

いい加減、悪あがきを止めて諦めろ。現実を理解し、受け止めろ。俺に従い、愛嬌を振りまいてみせろ。そうすれば、俺も──」

「御言葉だが、ウォルフ皇子殿下。現実を見るのは、あなただ」

アルヴィンが語気強く言い放ち、ウォルフを鋭く睨み返す。

その強い眼差(まなざ)しに、ほんの微(かす)かにウォルフ皇子はたじろいだ。

「その答えはとうに、余が最も信頼する騎士、シド卿(きょう)に対する王命の形で示した。シド卿は必ずや天騎士(シュバリエ・ワン)となり、この国の自由と独立を勝ち取るだろう。

よもや一国の長たる貴殿が、まさか公の場で宣言した己の言を忘れてはいまい？」

「……ッ⁉」

「余は、決して貴殿のものにはならぬ。この王国は帝国には下らぬ。それが余の意志であり、つまりこの王国の総意だ。言葉に気をつけよ、無礼者」

アルヴィンに完全無欠なまでに拒絶され、愕然(がくぜん)とするしかないウォルフ。

と、そんな時。

「無礼者はどっちだ⁉　この偽(にせ)王子がッッ！」

ウォルフを取り巻く三大公爵達が、顔を真っ赤にしていきり立ち始めた。

「なんていう図々(ずうずう)しい子！　まだ、王になれるつもりでいるなんて！」

「王女。そっくりそのまま言葉を返しましょう。いい加減、現実を見るのです。そのみっともない男装は、いい加減止めなさい」

「そうだ！　この国では、しょせん、女の貴様は王にはなれぬのだッ！」

「あははは っ！　そう、そうなのよ！　あなたには無理！」

「ご存じでしょう？　掟は絶対。今までとて、女の王がいたためしはないのです」

まるで鬼の首を取ったかのような物言いをしてくる公爵達へ。

アルヴィンは動じず、堂々と言い放った。

「ならば──余がキャルバニア王国史上、初の女の王となろう」

「「「……なっ⁉」」」

どこまでも不敵な態度を崩さないアルヴィンに、公爵達が困惑する。

「ふ、ふざけるのも大概にしろ！　貴様は掟をなんだと思っている⁉」

「まったく、どこまでも調子に乗っているようですわね……ッ！　いくら伝説時代の騎士がいるからといって……ッ！」

「そうやって、シド卿におんぶに抱っこして、王として恥ずかしくないのですか？　あなた自身には何も力がないくせに」

「うむ！　〝虎の威を借りる狐〟とは良く言った物だッ！　貴様自身には何の力もないくせに……ッ！」

そんな風に罵倒してくる公爵達へ。

「〝帝国の威を借りる豚ども〟に言われたくないですね」

そう言い放つアルヴィンに、公爵達は今度こそ絶句するのであった。

「確かに余は無力だ。一人では何もできない。だが、このまま嘆きと苦しみに沈んでいくだろう民を、余は見て見ぬ振りはできない。

余が無力だろうが、王の資格がなかろうが……聖王アルスルの血を今に継ぐ王家の誇りにかけて、この命に替えても、この国と民を救うと決意したのだ。

そして、それを無茶と無謀の蛮勇と知って、シド卿は余の目指す道に賛同し、己が剣を余に捧げてくれることを誓ったのだ。

ならば、余とシド卿はすでに運命共同体。余の命はシド卿のものであり、その逆もまた然り。〝虎の威を借りる狐〟に一体何の問題があろうか？」

「ぐ……ぬ……ぬぅ……ッ⁉」

最早、完全に覚悟完了しているアルヴィンに、公爵達は何も言えなくなってしまう。

アルヴィンが全身から放つ覇気に呑まれ、気圧されてしまっていた。

（なんだ……この女は……？）

そして、ウォルフはそんなアルヴィンを信じられない物のように凝視していた。

（これが、あのアルヴィン……アルマ姫なのか……？）

ウォルフの中のアルヴィン像と、今のアルヴィンが重ならない。

アルヴィンは、〝女の子〟なのだ。

可憐で、華奢で、無邪気で、自分が守ってあげなくてはならない女なのだ。

こんな風に、何かに立ち向かわせてはならないし、剣を握らせるなんてもってのほか。

自分の庇護下で、自分が作る幸せの箱庭で、何も考えず無邪気に笑っていれば、それでいい。いや、そうあるべき存在なのだ。

（俺は……女のくせに俺に逆らったり、意見したりする生意気な女が嫌いだ。女は何も考えず、黙って男の言うことを聞いていればいいのだ。

だから、二度と立ち直れぬよう完膚なきまで折ってやったというのに……少し時間が経てば、これだッ！　先日とはまるで別人ではないか⁉　一体、なぜだ⁉）

ウォルフの目算では、今頃、アルヴィンはアルマ姫に戻り、素直にウォルフに従い、ウォルフの言いなりになっていたはずなのだ。

むしろ、今の情勢的に、そうなっていなければおかしい――

（一体、なぜ……ッ⁉）

ウォルフが言いしれぬ苛立ちと焦燥に身を震わせていると。

「よう、アルヴィン。元気か？」

頭をボリボリとかきながら、のそのそとシドがやって来た。

本来、ここは王族やそれに準じる貴人のみに許されている空間なので、シドの行動は完全にアウトなのだが……まったくお構いなしである。

「あ、シド卿！」

するとアルヴィンはウォルフや公爵達を無視して、シドの元へ嬉しそうに駆け寄った。

「どうかしましたか？」

「いや、ここの席、どうにも匂うだろ？　だから、こんな臭い場所で試合を見るより、ブリーツェ学級のところへ来ないかって思ってな」

「あはは、そうですね……この場所、少々ゴミが溜まっているみたいですから」

アルヴィンがクスクス笑う。

「でもまぁ、そういうわけにも行きません。これも王の務めです」

「そっか。そりゃ大変だ」

「それより、シド卿はこんなところに来て大丈夫なんですか？」

「ん？」

「だって、そろそろ参戦者達は、下で色々と準備をしている頃でしょう？」

「大丈夫だ、問題ない。心配するな」

そう言って。

シドはアルヴィンの頭に手を乗せ、優しく撫でる。

されるがままに、嬉しそうにそれを受け入れるアルヴィン。

そして。

やがて、シドが踵を返し、アルヴィンに背を向ける。

「〝騎士は真実のみを語る〟……〝必ず、勝つ〟」

「はい、信じています。卿に輝かしい勝利と栄光あらんことを」

そう言い合って。

心から勝利を信じているアルヴィンに見送られ、シドはその場を去っていった。

そんな二人の様子を見ていたウォルフが歯噛みする。

（そうか……あの男……シド＝ブリーツェのせいか……ッ！）

現代に蘇ったという伝説時代最強と謳われた男。

あの男のせいで、アルヴィンはいつまでも現実を見ず、砂上の楼閣のような希望に未練たらしく縋り続けるのだ。いつまで経ってもウォルフに従順にならないのだ。

（許さんぞ……ッ！　たかだか下賤な一騎士風情が、俺を差し置いて、俺のアルマ姫の信と寵愛を一身に受けているなど……ッ！　許されぬことだ……ッ！

俺は、ドラグニール帝国のウォルフ＝ノル＝ドラグニール……ッ！

世界の頂点に立つ、世界最高の男なのだ……ッ！）

アルマ姫の笑顔と愛は全て自分に向けられるべきものなのだ。それが、あんな男に向かっていいわけがない。

そう心の中で、憤怒と怨嗟を吐き散らして。

ウォルフはその場を離れ……闘技場地下の通路へと入る。

上の喧噪から離れた人気のないその場所で、ぼそりと呟く。

「おい、居るか？　白騎士」

すると。

「…………」

やはり、何らかの魔法による隠形か。

まるで闇の中から染み出すように、どこからともなく白騎士の姿が現れる。

白騎士は相変わらず容姿の判明しない、真っ白な全身装備に身を包み、無言だった。

そして、そんな白騎士へウォルフが言い捨てた。

「貴様に命令を下す。シド＝ブリーツェを殺せ」

「…………」

「何、試合中ならば事故だ。貴様ならばそのくらいできるだろう？　二度と人前に出られぬよう、シド＝ブリーツェを無様に惨めに叩き殺すのだ」

据わった目に、危険な光を爛々と灯すウォルフを前に。

「…………」

白騎士はしばらくの間、無言を保ち続けて。

やがて、小さくこくりと頷くのであった。

その一瞬、白騎士から、呆れるような、蔑むような気配が微かに漏れるが。

シドに対する激しい嫉妬と憤怒に燃えるウォルフは、そんなことにはまったく気付かないのであった。


――――。


そこは、キャルバニア城の某所。

床、壁、天井――全てが石で作られた、大広間のような儀式部屋だ。

恐らく、地下に存在する空間なのだろう。窓の類いは一切ない。

当然、その内部は暗い。壁にかけられたトーチ、決まった規則で床に並ぶ篝火、辺りをふわふわと舞う鬼火妖精達の光が、広間内を幻想的に照らしている。

床には巨大な魔法陣が刻まれている。古妖精語(エスピリッシュ)と聖なる三角形(トーラ)で括(くく)られた、不思議な力と雰囲気を感じる魔法陣だ。規模が大きすぎて、その全容はなかなか把握しきれない。

そして、部屋の中心であり、魔法陣の中央にあるのは、巨大な石碑と祭壇だ。

その石碑の表面には、古妖精語(エスピリッシュ)で何らかの文言がびっしりと刻まれている。

そんな、どこか神聖で、どこか不穏な気配のする不思議な空間で。

今、大勢の《湖畔の乙女》の半人半妖精(ニミュエ)達が集い、何らかの作業を行っていた。

「……こちらの準備、万事終了いたしました」

その場の監修を行っていたイザベラの下へ、部下の半人半妖精(ニミュエ)が報告にやって来る。

「そうですか、ご苦労様です。王都民達の祭事遂行率は？」

「それも滞りなく。市勢調査によれば、例年以上に高い遂行率だそうです」

「それは良かった……」

イザベラが心底安堵(あんど)したように息を吐く。

「こんな情勢ですからね……王都の民が、聖霊降臨祭に無関心・不参加を決め込んでしまっても、まったくおかしくありませんでしたから」

「そうですね……」

「これで、あとは〝上〟の天騎士(シュバリエ・ワン)決定戦で、光の妖精神(エクレール)への〝武〟を奉納し、天騎士(シュバリエ・ワン)

を決める……それで今年の聖霊降臨祭の儀式次第は全て終了です」

騎士達の〝武〟の奉納。

それは聖霊降臨祭で、もっとも重要とされる式典だ。

東方諸国では神事に際し、神楽と呼ばれる〝舞〟を奉納するが、理屈はそれと似たようなものである。

「本当に、今回は様々な凶事が重なり大変な中での聖霊降臨祭でしたが……皆さん、よく耐えて頑張ってくれました。《湖畔の乙女》の長として、心からお礼申し上げます」

「そ、そんな……私達はイザベラ様の手足ですから！」

若い半人半妖精が恐縮する。

「でも……お一つよろしいでしょうか？　イザベラ様」

「なんですか？」

イザベラが促すと、その半人半妖精は言っていいものかどうか、しばらくの間、迷って
……それでも、どうしても疑問を抑えきれずにこう問いかけてくる。

「あの、その……イザベラが仰る通り、今年はこの聖霊降臨祭の時期に、帝国が侵攻してきたり、三大公爵家が裏切ったり、アルヴィン王子が、その……女性だということが明らかになったり……本当に大変なことが色々あったじゃないですか」

「はい」

「だからその……本当に、こんな時に聖霊降臨祭なんて行う必要があったのでしょうか……？　今年くらいは中止で良かったのでは……？」

すると、その半人半妖精は、イザベラにじっと見つめられていることに気付き、慌てて弁明する。

「い、いえっ！　そのっ！　別に、聖霊降臨祭をやるべきじゃないって言っているわけではなくてですねっ！　その……イザベラ様が心配でっ！

だって、イザベラ様、帝国の侵攻対策に忙殺されている中、聖霊降臨祭の準備まで自ら率先して行って……もう、倒れる寸前じゃないですか！」

「…………」

確かに、その半人半妖精が指摘した通り、イザベラの顔色は良くなかった。様々なことが折り重なり過ぎて、もう何日も不眠不休で働いているのだ。

「だというのに、無理して……」

「心配してくれて、ありがとうございます、リベラ」

イザベラが、その半人半妖精──リベラに向かってにこりと笑いかけた。

「でも、私は大丈夫です。本当にお辛いのは、先王や我々の身勝手な都合に振り回されたアルヴィン王子です。彼女の苦しみを思えば、この程度、わけはありません」

「イザベラ様……」

「それに」

ふと、イザベラが表情を引き締める。

「この聖霊降臨祭は……何があろうが、たとえこの国が滅びようが、毎年、必ず執行しなければならないのです」

まぁ、国が滅んだら執り行えないのですが、とイザベラが苦笑で付け加える。

「えっ⁉　この祭は必ず執行しなければならない……？」

当然、疑問を覚えたリベラが首を傾（かし）げる。

「変な話ですね。いや、半人半妖精（ニミュエ）の端くれとして、光の妖精神様（エクレール）へ感謝の祈りを捧（ささ）げる祭事が大切なのはわかりますが……必ず執行しなければならないって……」

「リベラ。私達《湖畔の乙女》は旧（ふる）き盟約によりて、聖王アルスルの系譜たるキャルバニア王家に仕え、光の妖精神様（エクレール）と王家を繋（つな）ぐ巫女（みこ）の役目を負う者達……そうですね？」

「え？　あっ、はいっ！　そうです！」

「そして、《湖畔の乙女》の長は、その堅き掟（おきて）より、様々な秘儀や秘伝を、代々口伝でのみ受け継ぎ続けて来たことは……知っていますね？」

「は、はいっ！　それも知ってます！」

「あなたは、私の後を継ぐ次期《湖畔の乙女》の巫女長候補……ゆえに教えます。その口伝の中の一つにあるのです。〝秘伝其ノ九十九、聖霊降臨祭は決して絶やしてはならない〟……〝絶やせば、この世界に死の冬が訪れるだろう〟……と」

「えっ⁉」

びっくりしたように、リベラが飛び上がる。

「そ、それは一体、どういうことなのですかっ⁉」

「わかりません」

イザベラは力なく、首を振った。

「先代の《湖畔の乙女》巫女長エヴァ様……私のお師匠様ですが……彼女は、私に全ての口伝を伝授する前に、急に謎の死を遂げられてしまいました」

エヴァの名は、リベラも知っている。他者の追従を許さぬ圧倒的なマナ感能力と魔法の腕を持った、歴代最高の巫女長と名高い半人半妖精の女だ。

彼女の魔法の力は、伝説時代の半人半妖精達にも匹敵したと噂される。

「恐らく、エヴァ様が私にまだ継いでいない口伝の中に……その聖霊降臨祭の秘密に関わる条項があったのでしょうが……今となっては闇の中です」

「そ、そうだったんですか……」

「ただ……〝春の聖霊降臨祭だけは、貴女の命に代えても徹底するように〟……そう語るエヴァ様は、酷く何かに怯えているようでもありました。

私には、あの鬼気迫る姿が、古き掟やしきたりを頑なに遵守する、ただの伝統主義から来るものだとは、とても思えませんでした。

なにせ、彼女の思想はむしろ革新派であり、これからの時代は女性でも王になれるよう掟と法を変えるべきだ……そんな主張を始めたのは、あの人が最初なのですから。

もちろん、アルヴィン王子が生まれる前の話ですよ？」

「ふぇ……そんな人だったんですね」

リベラが感心したように、目を丸くする。

「だとするなら、余計に不気味ですね……その聖霊降臨祭の遵守については」

「そうですね。でも……」

イザベラが安心させるようにリベラへ微笑む。

「いずれにせよ、聖霊降臨祭をきちんと決まった形式に沿って執り行えば、何も問題はないのです。今はそれで良しとしましょう」

「そうですね……」

「さぁ、そろそろ天騎士(シュバリエ・ワン)決定戦が始まる頃です。我々の儀式もいよいよ大詰め……頑張りましょう。本当に大変なのは、無事に聖霊降臨祭が終わったその後なのですから」

「は、はいっ！」

リベラがそう元気よく返事して。

再び二人は、作業に向かうのであった――


――。


こうして。

ついに聖霊降臨祭一番の目玉である伝統式典――天騎士(シュバリエ・ワン)決定戦が始まった。

今は、中央フィールドに参戦する騎士達が集まり、開会式の真っ最中である。

当然、集まった参戦者は、現王国最強クラスと謳(うた)われる強者達が揃(そろ)い踏みしている。

そんな参戦者達の中に、シドや白騎士の姿もあった。

そして、聖霊御前闘技場の観客席は、大勢の観客達でごった返している。

民衆のみならず、王都務めの一般騎士達や、キャルバニア王立妖精騎士学校の全校生徒達も、観客席から中央フィールドを見守っている。

それも当然、この天騎士決定戦で王国の命運が決まるかもしれないのだ。

誰もが否応なく注目せざるを得なかった。

「くっそぉ……結局、シド卿に全部任せるしかねーのかよ……」

観客席のクリストファーが歯噛みするように言った。

「天騎士決定戦に参加できる騎士は、正式な騎士叙勲を受けた正騎士以上の騎士だけですからね……わたくし達、叙勲前の従騎士にはどうしようもありませんわ」

エレインが首を振る。

「しかし、参ったな。シド卿は本当に勝てるのか……？」

「なっ⁉　セオドール⁉　師匠の力を疑っているんですか⁉」

どこか苦い顔でぼやくセオドールに、即座にテンコが反発した。

「確かに、帝国が送り込んできたあの白騎士は恐るべき強者です！　でも、あの師匠が一対一で戦って負けるなんて、到底、考えられません！」

「まぁ、一対一なら、正直、僕もシド卿が負けるなんて思えない。でも、わかるだろ？

この戦いは、一対この場の全員だ」

「えっ？　それはどういう……？」

「テンコ、君、本当に大丈夫か？　最近、剣の腕に反比例して、ますます頭が鈍くなってないか？」

　キョトンとするテンコへ、セオドールが嘆息しながら説明を始めた。

「この天騎士（シュバリエ・ワン）決定戦は、王国最強の騎士を決める戦い……必定、参戦者は全員、妖精剣を持つ妖精騎士だ。妖精剣を持たない一般騎士の出る幕はない。

　つまり、参戦者は全員、赤の騎士団、青の騎士団、緑の騎士団……デュランデ公、オルトール公、アンサロー公の膝下の騎士だ。

　王家派の妖精騎士は、まだ叙勲前の僕達だけ……つまり、白騎士含めて、あの場の全員がシド卿の敵ってことになる」

「……ッ!?」

「そして、天騎士（シュバリエ・ワン）決定戦の試合方式は、伝統的にバトルロワイヤル戦だ。あのだだっ広いフィールド内で、全ての騎士達が一斉に、自由に戦いを開始し、最後に立っている者を勝者とする……そんな方式だ」

「まぁ、その方式ですと、純粋な実力だけでなく運否天賦（うんぷてんぷ）なども絡（から）みますが……それを含めて光の妖精神（エクレール）に愛されし最強の天騎士（シュバリエ・ワン）ですからね。是非の議論はありましょうが、とりあえずはそういうルールですから、従う他ありませんわね」

　エレインがそう補足する。

「さぁ、こんな状況で、この国を帝国に売り渡そうとしている三大公爵家膝下の騎士達はどう動くと思う？　もう展開が火を見るより明らかだろ」

「ああ、そりゃ……露骨なシド卿潰しに来るだろうな……これ」

「まさか……そんな……ッ！」

ようやく気付いたテンコが耳をピンと立てて、怒りも露わに歯噛みする。

「この戦いは栄えある天騎士決定戦なんですよっ⁉　この時ばかりは、派閥の柵も全て投げ捨て、騎士達個々人が、それぞれ己の栄光と勝利のためだけに、その剣技と魔法と全身全霊を尽くす……そんな神聖な戦いのはずじゃないですかっ⁉」

「そんなお行儀の良い連中が裏切ったり、この国を売り渡そうとしたりするか」

セオドールが唾棄するように言った。

「しかし……実際、どうなんだ？　件の白騎士とやらの実力は」

「私も、その力の片鱗を感じただけで、詳しくは言えませんが……」

セオドールの問いに、テンコが顔をしかめながら答える。

「はっきり言って……間違いなく強いです。師匠や、こないだ対峙したリフィス卿……つまり、伝説時代クラスの騎士の圧や格を感じました。私ごときじゃ瞬殺でしょう」

「て、テンコ先輩がそこまで言うなんて……」

「わ、私達の中で一番強いテンコさんがそう感じたというなら……き、きっと、そうなんでしょうね……」

ユノやリネットがびくびくしていると。

「脅威は白騎士だけではないぞ」

不意に、一同の背後からそんな声がかかった。

振り返ると、そこには……

「ルイーゼ⁉ ヨハンに、オリヴィアまで……ッ⁉」

オルトール学級(クラス)、アンサロー学級(クラス)、デュランデ学級(クラス)の二年従騎士(セカンド・スクワイア)達だ。

「ふん、邪魔をするぞ。正直、普段からシド卿の薫陶(くんとう)を受けている我々は、自身の学級(クラス)の中では肩身が狭くてな」

「俺達、一年の頃は三人とも学級(クラス)長だったのに、進級と共に学級(クラス)長を外されたしな」

「上からの嫌がらせが露骨過ぎ……もうやだ、この国」

そう口々に言って、ルイーゼ達はブリーツェ学級(クラス)の陣取る一角に、腰を落ち着けるのであった。

「おい、ところでルイーゼ。脅威は白騎士だけではないってどういうことだ？」

「まったく……まぁ、仕方ない。貴様らは桁違いのシド卿の傍(そば)にいるせいで、感覚が麻痺(まひ)

しているのだろうがな……さすがに、正式な騎士叙勲を受けたキャルバニア妖精騎士団の現役騎士達を舐(な)め過ぎだ」

ルイーゼが嘆息しながら続けた。

「騎士団の上層部には、極まった神霊位(アツィルト)や精霊位(ベリアー)の妖精剣持ちが大勢いる。いわゆる、特級騎士の軍階を持つエリート中のエリート達だ。

おまけに、連中は妖魔や暗黒騎士との実戦経験も豊富だ。

普段は、王国各地の守備任務についているため、この王都でお目にかかることはないが……そのような王国トップクラスの騎士達が呼び戻され、参戦しているのだ。

言っておくが、同じ神霊位(アツィルト)でもまだまだヒヨコに過ぎない私とは、次元も格も違う。

連中は、この国が伝統的に〝妖精剣に頼りきる戦い〟を是とすることになったとしても仕方ない程度には……強いぞ」

「ああ。ルイーゼの言う通りだ。俺もシド卿の戦いを見て、強さの概念がひっくり返されるまで、強い騎士の姿とはああいうものだと信じきってたからな……」

「今回の参戦者数は百八騎。一対一で順番に戦うなら、シド卿が負けるなんてありえないと私も思うけど……それをいっぺんに相手するとしたら……？」

ヨハンやオリヴィアも、次々と真剣な顔でルイーゼに同意する。

すると、ブリーツェ学級(クラス)の面々の間に、不安の空気が急速に流れ始めた。

「し、師匠……大丈夫……ですよね……？」

テンコは、中央フィールドで一人ぽつんと佇(たたず)むシドの姿を、不安げに見つめるのであった――

――。


聖霊御前闘技場の中央フィールドにて。

今、そこにはキャルバニア王国の各地方から帰参した、腕利(うでき)きの妖精騎士達が集まっていた。

全員、赤、青、緑の騎士装束に妖精剣を携え、完全なる戦闘態勢だ。

開会式は終わり、今は試合開始前の待機時間。

独特の緊張感が、辺りにピリピリと漂っている。

そんな中にありて……

「ふぁ……眠……」

シドはいつも通りだった。

その場に、どんと胡座をかいて座り込み、欠伸などをしていた。

「ふむ……」

そして、周囲を見回す。

案の定、その場に集う騎士のほとんどが、シドにちらちらと視線を向けて、敵意を向けているのがわかる。

まるで戦場で敵の大軍のど真ん中に、たった一人で飛び込んでいる時のような感覚だ。

シドは気付かない振りで、全ての視線をスルーする。

有象無象を無視し続け、その場に集う騎士達の中から、とある人物を探す。

目当ての人物は、すぐに見つかった。

一人だけ存在感が違うからだ。

（……居た）

白騎士だ。

シドから見て反対側……フィールドを囲む壁際に佇んでいる。

「…………」

相変わらず全身に白い鎧を纏い、顔の全てを覆うフルフェイスの兜を被っているため、表情はわからないが……そのバイザーの奥から覗く瞳は、シドを真っ直ぐと見つめているようにも見えた。

シドは感覚を研ぎ澄まし、気配と佇まいのみで白騎士を探る。

(うーん？　この妙な感覚……あの白い鎧、〝正体隠し〟の魔法がかかっているな……しかも、かなり高度な技だ)

魔法の力に阻害され、シドの感覚をもってしても、白騎士の気配や、マナの色、波長が摑(つか)みづらい。

だが、それでもさすがは伝説時代の騎士。

ならばとシドがさらに感覚を研ぎ澄まし、本気で白騎士を探れば……朧気(おぼろげ)ながら感じ取れることもあった。

(やはり、俺と同じ伝説時代クラスの力を持つ騎士だな。それにこの感覚……俺はあの白騎士と、以前どこかで会ったことがある……か？)

間違いない。

分厚い〝正体隠し〟に阻害され、非常に摑みにくいが。

シドは、この白騎士と、このマナの持ち主と以前、会ったことがある。

それは、いつだったか？　どこだったか？

気の遠くなるほど、遠い昔だった気がする。

はたまた、つい最近のことだったような気もする。

一体、この奇妙な既知感はなんだ？　シドがさらに白騎士を探ろうとすると。

（……ん？）

ふと、気付く。

この場の全ての騎士達が、例外なくシドへ敵意や殺意を向けているというのに。

その白騎士がシドに向けるものは、どうにも敵意や殺意とは違う、別の何かだ。

実に意外も意外。あのウォルフ配下の白騎士こそが、この場でもっともシドに対して敵意を抱いているに違いないはずなのに。

シドがそんな白騎士の真意を図ろうと、じっと見つめると。

「…………」

ふい。

なぜか、白騎士はそっぽを向いてしまう。

（……はて……？）

どうにも挙動が奇妙な白騎士に、シドがさてどうしたものかと考えていると。

「貴様がシド＝ブリーツェだな？」

シドの前に、三人の騎士達が現れていた。

いかにも見下すような、それでいて剣呑(けんのん)な雰囲気を放ってくる三人に、シドが目を瞬(またた)かせた。

「えーと？　どちら様？」

「ふん、この国に在りながら、私達を知らぬとはな！」

すると、三人の騎士達が吐き捨てるように、次々と名乗りを上げる。

「私は、アイギス＝オルトール……オルトール家の次期当主にて、青の騎士団の特級騎士です」

青の騎士装束を纏った女が高圧的に言った。

「僕は、カイム＝アンサロー……アンサロー公爵家の次期当主にて、緑の騎士団、特級騎士」

緑の騎士装束を纏った美貌(びぼう)の青年が穏やかに微笑(ほほえ)みながら言った。

「そして、俺は、バーンズ＝デュランデ……デュランデ公爵家の時期当主にて、赤の騎士団、特級騎士……そして、昨年の天騎士(シュバリエ・ワン)だ」

最後に、赤の騎士装束を纏った筋骨隆々の青年が恫喝(どうかつ)するように言った。

「ほう？　あの三大公爵達のご子息、ご息女様達か」

シドが顋を撫でながら、その三人を流し見る。

アイギスは長剣型、カイムは槍型、バーンズは大剣型の妖精剣を持っている。

当然のように、その全てが神霊位だ。

（良い剣、持ってるじゃないか。それに結構強いな。少なくとも、今のブリーツェ学級の連中じゃ相手にならんくらいは）

そんなことを思いながら、シドが問う。

「で？　俺に何の用だ？」

「フン。貴様が身の程知らずにも調子に乗っているようだからな。先達として釘を刺しに来てやっただけだ」

「先達って……いや、俺の方が大先輩なんだが？　別に先輩ヅラする気はないが」

ジト目のシドの突っ込みを無視して、三人の騎士達は続けた。

「今まで、貴様は中央の方で随分と目覚ましく活躍していたようだが、それは我々が地方に出ていたせいだ」

「真の強者が不在の中で粋がられても困るのです」

「それに聞くところによると、貴公は妖精剣を持っていらっしゃらないとか？」

「はぁ……お母様もどうして、こんな凡夫をああまで警戒しているのやら……」

「まさかとは思いますが。中央の騎士達の実力が、この国の騎士の実力だと本気で思っていましたか？」

「俺達は、常に地方で妖魔や蛮族、北の魔国の侵略と戦っている。はっきり言って、温い中央の連中とは格が違うぞ？」

「伝説時代の騎士か何か知りませんが、覚悟してください」

「現当主の御意志により、王家派の貴公は徹底的に潰させてもらいますので」

「くはははっ！　多くの民が見ている前で、精々惨めで無様な姿をさらすといい！」

シドへ好き勝手言いたい放題の三人だが。

その時、シドは彼らの声が聞こえていない、姿が見えていない。

なぜなら――


「…………………」


白騎士が、再びこちらをじっと見つめていたからだ。

しかも、その視線に怒りや苛立ちの感情が乗っているのを、シドは鋭敏に感じ取る。

だが、不思議なのは……

（この怒りと苛立ちは、俺に向けたものじゃない……どちらかと言うと、こいつらに向けたものか……？）

見やれば、三人の騎士達は相変わらず、シドに対して好き勝手な罵倒と侮辱を繰り返している。

それは心底どうでもいいのだが、となると、どうにも白騎士の反応が解せない。

白騎士にとっては、シドは倒すべき敵だし、この公爵側の騎士達は味方のはずだ。

なのに、なぜ白騎士は、この騎士達に対して怒りを覚えているのか……？

（ふむ……何も考えず勝ち残ればそれでいいと思っていたが……何か思惑と一波乱がありそうだな、この天騎士決定戦……）

三人の騎士達の罵倒を完全にスルーしながら、シドは試合開始までの間、ふと物思いに耽る。

三人の騎士達には欠片も興味なかったが、白騎士には少し興味が湧いてきたのだ。

――――。

ついに、試合開始の時がやって来た。

この国の命運がかかっているとはいえ、やはり騎士の頂点を決める天騎士決定戦。

そのような至上の娯楽に、観客達も血沸き肉躍らないはずがない。

上がる大歓声の中、試合開始を告げる銅鑼の音が闘技場内に鳴り響き――

円陣を組んでその場に集う騎士達が、光の妖精神像へ向かって一礼し、妖精剣を抜き放って天へと掲げ、散開。戦闘態勢を取るのであった。


「よっと……ほっ……」

だが、シドは腰の後ろに固定した剣――黒曜鉄の剣は抜かず、そのままその場で左右に伸脚などをしている。


「しかし、こういう形式の戦いは久しぶりだな。さて、どう立ち回るか……おや？」

腕を後ろに回して肩甲骨周りを伸ばしていると、シドは気付く。


「「「…………」」」

その場の騎士達全員が、シドへ向かって剣を構えていることに。

「くそっ！　見たことかっ！」

「やっぱりこうなりましたわね……さすがに気分悪いですわ」

「あ、あなた達、騎士の誇りはないんですかっ⁉　卑怯ですよっ⁉」

ブリーツェ学級が陣取る観客席の一角では、クリストファーやエレインが苛立ち、テンコが犬歯を向いて吼えている。

「神霊位妖精剣を数多く含む、この王国最強クラスの騎士達百名余……これではさすがにシド卿といえど……」

ルイーゼも額に脂汗を滲ませ、場の状況を注視するしかない。

「うん……まぁ……そうだよな。わかってた」

当のシドは、このわかりやすい状況に、苦笑いしながら頭を掻いていた。

一方で、シドの場所から一番遠く離れた場所に、白騎士が佇んでいるのも見える。

意外なことに、白騎士もまだ剣を抜いていない。

シドのことを、遠くからじっと見つめているだけだ。

「……ふむ。何が出るか、少し楽しみになってきた」

そんな風に、シドが白騎士を見つめ返していると。

「くく……悪いな、シド＝ブリーツェ。貴様は速攻で落ちてもらう」

バーンズ、アイギス、カイム……先の三人の騎士達が勝ち誇ったようにやって来る。

「まぁ、この期に及んで情勢の読めないアルヴィンなどという愚物についたことを、後悔することね」

「この試合で白騎士を勝たせれば、我々の未来と栄光は保証される……いや、我々の踏み台になって頂き、本当にすみませんね」

そんな風にほくそ笑む三人へ。

「すまん」

シドが片合掌をして、心底申し訳なさそうに軽く頭を下げた。

「本来なら、お前達の面子（メンツ）を潰さぬよう、そこそこ良い勝負をしてやるつもりだった」

「「は？」」

「だけど、主菜（メインディッシュ）がどうしても気になってしまってな。前菜（スターター）は、さくりと腹に収めてしまうことにした。許せ」

そう言って。

シドは、騎士達が織りなす向こう側に佇む白騎士だけを見据えている。

バーンズら三人の神霊位の妖精騎士達ですら、まるでその眼中にない。

「俺達が前菜だと……ッ!?　なんていう思い上がりを……ッ!?」

「我ら全員を相手に勝てると思っているのか……ッ!?」

当然、顔を真っ赤にして怒り狂う三人の騎士達。

身の程知らずを通り越して、愚かもいいところですね……ッ！」

そんな怒りを発露するように。

バーンズが手を上げて、号令をかけた。


「かかれぇぇぇぇぇぇぇぇぇぇぇぇ——ッ！」


すると、その場の百名近い騎士達が一斉に動いた。

それぞれの妖精剣を掲げ、それぞれの妖精魔法を発動する。

次の瞬間、中央フィールドに地獄が出現した。

灼熱の火炎が嵐となって渦を巻き、地獄の凍気が吹き荒れ、燃え盛るマグマが吹き上がり、真空の刃が乱舞し、毒花が百花繚乱し、無数の火球が飛び交い、斬り裂くジェット水流が剣舞し、巨大な土塊のゴーレムが四方八方から躍りかかり、鋭く尖(とが)った宝石が弾丸となって雨霰(あめあられ)と降り注いで……凄(すさ)まじい破壊力が奔流となってシドへと殺到する。

さすが、この王国精鋭の妖精騎士達だった。

この場には【不殺(ころさず)の結界】がもちろん張ってあるが、それを貫通してシドを完全にこの世から消し飛ばしてしまわんばかりの威力と勢いだ。

そんな破壊力の嵐の光景に。

「ああっ！　くそぉ！　こりゃ駄目だ！」

「し、師匠ぉおおおおおお――ッ⁉」

クリストファーやテンコが頭を抱えて悲鳴を上げて。

「ふっ、勝ったな」

「これだけの攻撃……さすがに無事ではいられまい」

「思ったより呆気(あっけ)ない幕切れでしたわね」

三大公爵達が勝ち誇って。

闘技場内の誰もが、あの伝説時代最強の騎士の、いきなりの脱落を予感する。

ただ一人――

何かを信じるように、じっとフィールドを見据えるアルヴィンを除いて。

そして。

その次の瞬間だった。

落雷の撃音と共に、戦場を光の稲妻が走った。

「「「ぎゃあああああああああああ――ッ！」」」

バリバリバリ――ッ！　と爆ぜる稲妻に包まれて、十名ほどの騎士が空を舞う。

「……な……ッ!?」

呆気に取られる観客席。

そして、折り重なる騎士達の包囲網の裏側に。

「…………」

前傾姿勢で右手を前に突き出したシドが、目を閉じて残心している姿があった。

群がる騎士達を左右二つに分けるように、フィールドに引かれた一本の稲妻の線が、光の残滓を弾けさせている。

どさどさどさ……

吹き飛ばされて宙を舞っていた騎士達が、ようやく地面に落下した音で、バーンズ、アイギス、カイムも我に返る。

「……なっ、何が起きた……ッ⁉」

「み、見えな……ッ⁉」

「速すぎる……そんなバカな……ッ⁉　騎士団最速の私が見失っただと……ッ⁉」

驚愕はその三人の騎士達だけではない。

シドと相対していた百人近い騎士達が誰もが、信じられない思いで、シドの背中を凝視していた。

たしかに、伝説時代より蘇りし騎士、シド＝ブリーツェの噂は聞いていた。

凄まじい力を持つ、桁外れの騎士だと聞いていた。

だが、しょせんは旧時代の騎士。当時と比べれば、今の魔法は進化しているはず。

ゆえに、エリートたる自分らの敵ではない。

なんだか到底信じられない戦果を色々と上げているらしいが、しょせん噂。

噂には尾ひれがつき物。王家派の連中が、公爵派を牽制するために、あることないこと吹聴していただけ……そう思っていたのだ。

確かに、しょせん噂は噂に過ぎなかったのは間違いない。

真実を、まったく正しく表してはいなかった。

そう。

このシド＝ブリーツェは……どこをどう考えても、噂以上だ。

「ほら、行くぞ」

再び、シドが落雷音と共に、閃光と化して動く。

──一閃。

瞬時に、群れる騎士達の反対側まで駆け抜ける。

再び、為す術なく空を舞う数名の騎士達。

「ち、散れッ！　散れぇえええええええ──ッ！」

ようやく我に返ったバーンズが叫ぶ。

「何をやってる！　囲め！　一斉に襲いかかれば──ッ！」

そんな指示も虚しく。

その場を閃光が駆けた、駆けた、駆け抜けた。

フィールドを縦横無尽に閃光が走る都度、それに巻き込まれた騎士達が、垂直に、水平に、斜めに放物線を描いて、次々と吹き飛んでいく。

「撃てッ！　撃てぇえええええッ！」

「魔法で攻撃しろぉおおおおおおお――ッ！」

そんなシドを抑えようと、騎士達が妖精剣を振りかざし、次から次へと攻撃魔法を打ち込んでいく。

だが、地を走る稲妻と化したシドを、やはり誰も捉えることができない。

それは天空を飛来する稲妻を、弓で射落とせないのと、まるで同じ理屈。

苦し紛れに放たれる騎士達の魔法は、シドに掠りもしない。

閃光が駆け抜け残像する後の空間を、火球や風弾が虚しく引っ掻いていくだけ。

「ふ――ッ！」

そうしている間にも、閃光と化したシドが戦場を吹き抜け――

一閃、一閃、一閃――

「「「ぎゃああああああああああ――ッ！」」」

稲妻に全身を食い荒らされた騎士が一人、また一人と空を舞い、崩れ落ちる。

「ダメだ！　速すぎる！」

「近寄って、白兵に持ち込め――ッ！」

遠い間合いからの攻撃魔法では、稲妻と化して移動するシドを捉えきれない……そう悟った何人かの騎士達が、シドへ肉薄し、果敢に斬りかかる。

妖精剣から受けたマナで超強化した身体能力に任せ、シドに追い縋り、追い付く。

凄まじい速度と剣圧で斬りかかる。

が――

――その一瞬、シドの速度がさらに上がった。

まさにそれは、〝光の中へ消えた〟とでも表現すべき、異次元のギアの上がり方だ。

刹那、稲妻が地を跳ね、天を蹴って急旋回する。

振るわれるシドの左手。

突き出されるシドの右手。

「「「ぐわぁあああああああああああ――ッ!?」」」

シドを取り囲んだ数名の騎士が、為す術なく吹き飛ばされ、転がっていく――

「なんだ……ッ⁉　なんなんだ、あの男は……ッ⁉」

「本当に、俺達と同じ人間なのか……ッ⁉」

「妖精剣を持たぬ……それどころか剣すら抜いてないくせに……ッ⁉」

誰しもが愕然とするしかない。

そして、誰しもが破れかぶれにシドへ特攻し――その悉くが吹き飛ばされ、転がされ、叩きのめされ、たたき伏せられ、蹴散らされ、瞬時に意識を刈り取られていく。


「は――ッ！」


シドの動きは、勢いは、まるで止まらない。

止まる気配をまったく見せない――

閃光がフィールドを駆ける、駆ける、翔け抜ける。

シドに敵対する騎士達が、バタバタバタバタ倒れていく。

「くっ！　仕方ない……ッ！　お前達、やるぞ……ッ！」

こうして、実際にしても信じられない自分達の有り得ない劣勢に、バーンズがアイギスとカイムを促した。

「大祈祷だ……ッ！　大祈祷を使う……ッ！」

大祈祷。

それは、妖精剣による妖精魔法最大の奥義だ。

妖精剣に極限まで習熟することで、初めて使えるようになる最強の魔法である。

ましてや、バーンズ達の妖精剣は神霊位。

ゆえに、その威力や効果は、並の妖精騎士達の比ではない。

「そ、そうですわねっ！　私達の大祈祷をもってすれば……ッ！」

「ええ！　三人で一斉に大祈祷をしかければ……ッ！」

バーンズ、アイギス、カイムの三人が、それぞれの妖精剣を掲げる。

そして、大祈祷の言霊を唱えようとした……その時だった。

「よう」

いつの間にか、三人の前にシドが現れていた。

その全身に細かな稲妻の残滓を纏わせて、まるで散歩の途中の挨拶のように、三人に軽く手を挙げる。

「……なっ⁉」

「正直、お前達の大祈祷には興味あるが……あいにく、早く主菜(メインディッシュ)に行きたいんでね」

シドが、くるっとその場で回転して、裏回し蹴り一閃。

バキイインッ！

その一撃で、三人の騎士が大祈祷を放とうと掲げていた神霊位(アツィルト)の妖精剣が、バキボキに砕け散って、破片が周辺に飛び散った。

「な──」

呆気(あっけ)に取られ、硬直する三人の騎士達。

自分達の自慢の神霊位(アツィルト)妖精剣があっさり壊された……その事実が時を止める。

その一瞬の硬直の間に、三人の視界からシドの姿が、ぷっつり消えて。

「よっ、ほっ、っと」

とんっ、とんっ、たんっ。

三人の背後をぬるりと過ぎったシドが、三人の首筋へ順に手刀を落としていく。

次の瞬間、三人の目がぐるんっと回転して白目を剝いて。

「ば、馬鹿な……」

「……こんな……こと……」

「が、ぁ……」

三人の騎士達はそのまま、ばったりと倒れ伏してしまうのであった。


しーん……


気付けば。

その中央フィールド上に立っている者は……最早、誰一人居なかった。

シドと、当初から変わらず悠然とシドを見つめる白騎士だけを除いて。

「な……バカな……バーンズ達が……騎士団の精鋭がこんなにあっさり……ッ⁉」

「う、嘘でしょう……ッ⁉」

「あ、有り得ない……いくらなんでも、これは……ッ⁉」

三大公爵達は、目を剝いて震えていて。

「す、凄いです……教官……」

「鎧袖一触とは、まさにこのこと！」

「なぁ、おい……？　アレを誰がどうするって……？」

「あは、あはは……やっぱり、わたくし達の教官は規格外ですわね……」

「ぶっちゃけ、ここまでいくとドン引きだよ……」

リネット、ユノ、クリストファー、エレイン、セオドールが呆れ半分苦笑いで。

「……え？　私、アレを超えないと師匠に告白できないんですか……？」

テンコは真っ青になって頭を抱えていて。

「ふ、ふふ……凄まじいなッ！　どうやら、私はまだまだ伝説時代最強の底を見誤っていたようだ……ッ！　だが、追い付いてやる……いつか必ず……ッ！」

ルイーゼが感動したように拳を握り固めて震えている。子供のような憧憬の目で、シドをじっと見つめている。

そして──……

「…………」

「…………」

中央フィールド上のシドと、貴賓席に佇むアルヴィンの目が合う。

アルヴィンは、どこまでもシドを信頼しきった表情でシドをじっと見つめて。

シドはそれに応じるように、こくりと頷いた。

「くっ……おのれ……ッ！」

そんなアルヴィンの様子を、ウォルフは屈辱の表情で見ていることしかできない。


「……さて」

シドはアルヴィンから視線を切り、くるりと振り返る。

百を超える騎士達が折り重なるように倒れ伏す、死屍累々の先。

そこに白騎士が静かに佇んでいる。

「予選は終わりだ。決勝戦と洒落込もうぜ？　白騎士」

「………………」

ルール上では、戦闘不能となって十秒間立ち上がれなかった騎士は、外野の《湖畔の乙女》達が、魔法で試合場の外に空間転送する手筈となっている。

ゆえに、倒れ伏す騎士達が、次々とマナの光に包まれて姿を消していく中。

どちらからともなく。

シドと白騎士の二人は、互いを目指して歩み寄っていく。

そして、数間の間合いまで迫った時、両者共に足を止め、静かに睨み合う。
そんな二人の様子に、ごくりと息を呑む観客達。
しん、と静まりかえる闘技場内。
今、ここに……王国最高の天騎士を決する戦いが始まろうとしていた――

# 第六章　天騎士(シュバリエ・ワン)

「ふぅ。聖霊降臨祭はもうすぐ終わりますね……」

キャルバニア城の某所にて。

今まで《湖畔の乙女》達総出で執り行っていた件(くだん)の儀式の行程が全て終了し、イザベラは安堵(あんど)の息を吐いていた。

水晶玉で〝上〟の様子を確認すれば、その中にはシドと白騎士が対峙(たいじ)している光景が映り込んでいる。

後は、このまま天騎士(シュバリエ・ワン)が決まれば、今年の聖霊降臨祭の全てが終了だ。

「お疲れ様でした、イザベラ様」

補佐のリベラが、イザベラを労(ねぎら)うように声をかけ、飲み物を差し出した。

「ありがとうございます」

それを受け取り、イザベラは周囲の様子を見回した。

広間の床にある巨大な魔法陣には大量のマナが走っており、なんらかの力を駆動させている。

中央の祭壇上には、この秘匿儀式の触媒となる、光の妖精神への供物が並んでいる。アネモネの花束、月桂樹の若枝、アクア湖の水、巨人族の作った奉納剣、半人半妖精の乙女の髪……その他、様々な供物が捧げられている。

「それほど入手が難しい供物ではないのですが……こんな状況です。全て揃えて、こうして今年も奉納することができて良かった」

後は、ウォルフ皇子と帝国の侵略をどうするか？　だが、それはこれから考えていくことだろう。

「後は騎士の〝武〟の奉納……このまま、シド卿が天騎士の座についてくれるのが一番なのですが……」

そんなことを呟きつつ、イザベラが祭壇に捧げられた供物から目を切ろうとした……その時だった。

ざっ――

視界の端で、祭壇の上に並ぶ供物の光景が、ほんの一瞬、ブレて霞んで見えたのだ。

それは、普通の者なら目の錯覚かと思って気にも留めない、ほんの微(かす)かな違和感ではあったが。

「――ッ⁉」

イザベラの感覚はそれを鋭敏に拾い、彼女を祭壇を振り向かせる。

「ど、どうしましたか⁉　イザベラ様」

「…………」

驚くリベラの前で、イザベラは無言で祭壇へと近付いていく。

そして、光の妖精神(エクレール)へ捧げられている供物達へ目を向ける。

別に何も変わりない。古き礼式に則(のっと)って決められた供物が、決められた配置を守っている。何度も確認した通りだ。

だが。

どうしても、何か違和感を拭えなかったイザベラは、その祭壇へ向かって、ぼそぼそと魔法の言霊(ことだま)を唱え始めた。

すると――

「そ、そんな……ッ⁉　これは……ッ⁉」

――――。

シドの起こした衝撃が、その会場を圧倒的に支配していた。

なにせ、キャルバニア王国最高クラスと呼ばれる妖精騎士百余名が、剣すら抜かない無手のシドに、あまりにもあっさり一方的に蹴散らされたのだ。

誰もが息を呑み、中央フィールドで対峙するシドと白騎士を見守っている。

勝てる。勝つ。

白騎士が何者であろうが、あのシドが負けるはずがない――

彼こそが、伝説時代最強の騎士なのだから。

そんな期待と希望の目が、シドへ圧倒的に集まっていた。

「…………」

「…………」

一方、対峙するシドと白騎士は無言。

ただ、無言で互いの様子を窺っていた。

やがて。

「どうした？　白騎士。来ないのか？」

その沈黙の拮抗を破るように、シドが悠然と問いかける。

「観客達は俺達の戦いを待ちわびているぜ？　来ないなら、こっちから行くが？」

そんな風に、挑発するように、どこか楽しむようにシドが言うと。

「シド＝ブリーツェ」

これまで頑なに沈黙を保っていた白騎士が、ついに沈黙を破った。

相変わらず、正体隠しの偽装魔法は健在で、その声色は女なのか、男なのか……それすら判別できない不思議な響きであった。

「なんだ？」

「お前は、仕える主を間違っている。お前には……もっと相応しい主がいる」

そんな白騎士に、シドが小首を傾げる。

「なんだ？　まさか、ウォルフ坊ちゃんに鞍替えしろと？」

「あんな愚物はどうでもいい」

「じゃあ、どういうことだ？」

ウォルフに仕えているはずなのに、ウォルフを貶(おとし)める。

そんな白騎士の立ち場が、いまいちわからないシドへ。

しゅらっ。

「…………」

白騎士は無言で剣を抜き……構えた。

「！」

瞬間、その二人の間の空気が変質した。

重く、冷たく、鋭く、大気が震える。

「……ほぅ……？」

それを見て、シドがゆっくりと、深く低く、構えて……

……次の瞬間。

白騎士の姿が消え、一陣の疾風と化した。

霞み消える瞬歩で、シドへ真(ま)っ直(す)ぐ突進。空気の壁をぶち抜き、巻き起こる衝撃波で周囲の地面を派手に削りながら肉薄する。

刹那——衝撃音。

盛大に上がる金属音。

明滅する火花が世界を真っ白に染め上げ、観客達の目を灼き――

ずざざざざ――ッ！

超至近距離でシドと組み合った白騎士が、そのまま十数メトラほどシドを押し込む。

シドの靴の裏が地面に刻む二本の轍。盛大に上がる砂塵。

ようやく二人の動きが止まり、観客達の火花の光で眩んだ視力が戻ってくると。

そこには――

「えらく、情熱的な剣じゃないか」

「……ッ！」

黒曜鉄の剣を逆手で抜剣し、白騎士の剣撃を受け止めているシドの姿があった。

至近での鍔競り合いで睨み合う二騎の姿に、観客達が、どっと沸いた。

「し、師匠が剣を抜いた⁉　いえ、抜かされたッ！　つまり、それほどの相手ッ！」

「あいつ、マジで伝説時代級の騎士だってのかよ……ッ⁉」

「何者なんだ……？　本当に……」

テンコが拳を固めて立ち上がり、クリストファーが驚愕する。

百余名の妖精騎士達をまとめて相手しても、剣を抜かなかったシドが初手から抜いた

……この事実は、この戦いの行方がまったくわからないことを意味する。

観客達は組み合うシドと白騎士を凝視し、固唾を呑むのであった。

そして――

白騎士が動いた。

「ふ――ッ！」

気迫と共にシドを弾き飛ばし、間合いを開く。

即座に、残像と共に踏み込み――下段からの閃光のような斬り上げ。

衝撃音。

それをシドが逆手で振り下ろす剣で抑え込めば、白騎士は鋭く左右の足を入れ替えて回転、逆から流星のように振り下ろす。

衝撃音。衝撃音。衝撃音。
シドが下がりながら、白騎士の剣を打ち払う、受け止める、受け流す。
息も吐かせぬ怒濤の猛攻、その刹那、白騎士の姿が左右にブレる。
瞬時にシドの右側に回り込んだ白騎士の鋭く小ぶりな斬撃。
剣を握るシドの右手の小手狙い。
ぐるんと刃を返し、鍔で受けるシド。金属音と火花。
白騎士はそのまま力をこめて、シドの剣を抑え込みつつ、斬り上げようとするが——
パッ！
シドが剣を手放し、回転しながらしゃがむ。
鋭く斬り上げられた白騎士の剣は、シドの頭上の空を斬り。
パシッ！
シドは左手で落下する剣を引っ摑み、そのまま回転の勢いを利用して、白騎士の足元を
凄絶に薙いだ。
びゅごお、と。その剣圧で空気を引き裂く嵐が巻き起こるが——
「——ッ⁉」
当然、それに反応した白騎士が跳躍して、そのシドの斬撃を外す。

そのまま空中でくるりと前転しながら——着地。

再び、シドと十数メトラほどの距離が空く。

が。

「！」

その白騎士の足元には、すでに一本の稲妻の線が引かれてあって——

落雷音と共に、閃光と化したシドが白騎士に向かって突っ込んでくる。

シドお得意の【迅雷脚】。

その稲妻の速度の踏み込みと斬撃を——

「……ッ！」

白騎士は眼前にマナ障壁を瞬時に展開し、シドの雷剣を完全に受け止めた。

一際（ひときわ）強い衝撃音が爆（は）ぜ、二人の周囲を凄（すさ）まじい剣圧が渦を巻く。

マナとマナが凄絶に削り合い、爆ぜ合う。

そして、その風圧は観客席まで届き、観客達を戦（おのの）かせた。

「……やるな」

強固な障壁に剣を当てたまま、シドが感嘆する。

「…………」

対する白騎士は無言。

ただ、無言で障壁越しにシドを睨み続ける。

やがて、シドがその場から跳び離れ、白騎士が障壁を解く。

時間にして、ほんの数秒の攻防。

だが、恐ろしくレベルが高く濃密な攻防であった。

その時ばかりは、あらゆる派閥の柵が忘れ去られ、誰もがシドと白騎士の戦いを瞬きすら忘れて刮目するしかなかった。

三大公爵達の手によって、その意義が穢されてしまった天騎士決定戦であったが……皮肉にも、異国の騎士と本来この時代にいないはずの騎士によって、ここで初めて意義を取り戻したのである。

そして。

そんな二人の最強騎士の睨み合いの最中。

シドは、何かを悟ったように白騎士を見つめ……そして、言った。

白騎士にしか聞こえないだろう小さな声で言った。

「なるほど、お前の正体がわかった」

「！」

「そうじゃないかなとは思っていたが……今、確信した。俺はお前を知っている。以前に俺達は戦ったことがある」

一瞬、白騎士は意表を突かれたように硬直するが、すぐに蔑むように返す。

「ハッタリだ」

「そうかな？」

シドが不敵に笑い、再び黒曜鉄の剣を逆手で深く低く構える。

「ならば、次の一合で〝答え合わせ〟といこうか」

「……ッ！」

シドの攻め気を察し、白騎士も剣を構える。今度は大上段(フォムターク)だ。

「…………」

「…………」

そのまま、二人の騎士の間に静寂が流れる。

彼我の距離は、約十メトラ。

じりじり、と。互いにミル単位で間合いを調節しながら。

互いに仕掛ける隙、攻めの先を取るための、魂の擦り削るような睨み合いが続く。

それを見守る観客達が、ごくりと唾を呑む。

やがて。

無限の時間が過ぎたような錯覚の果てに。

両者の姿が不意に——消える。

ギャキィイイイイイイン——ッ！

盛大に上がる衝撃音、世界を灼き尽くす火花の咆吼。

刹那に二つの閃光が交差すると同時に——十メトラの間合いを開けて対峙していたシドと白騎士の立ち位置が、そのままそっくり入れ替わった。

両者共に剣を振り抜いた格好で、背中合わせに立っている。残心している。

息すら忘れて二人を凝視する観客達。

やがて——

ぱっ！　シドの胸部が浅く斜めに斬り裂かれ、血華が舞う。

だが、そんな傷など気にも留めず、シドがニヤリと不敵に笑って言った。

「〝答え合わせ〟だ」

次の瞬間。

ピシリ……白騎士のフルフェイス兜に、縦に入る割れ目。

重力に従って、真っ二つに割れた兜がそのまま地面に落ちる。

ばさっ！

途端、今まで兜によって封じ込められていた、長い銀髪が流れるように広がった。

それを振り返って見ることもなく、シドは背を向けたまま確信と共に宣言する。

「お前の正体は……エンデアだ」

「～～～ッ！」

がり、と。悔しげに歯噛みする白騎士。

そう、シドの指摘通り、その顔は──

「忌々しいけど、正解よ。シド＝ブリーツェ」

──北の魔国の盟主にて、アルヴィンとうり二つの顔を持つ謎の少女──エンデアその人であった。

「え、エンデア……ッ⁉」

「ど、どうして、あの人がこんなところに……ッ⁉」

アルヴィンやテンコなど、エンデアを知っている一部の者達が驚愕する。

当然、観客達も動揺と困惑を隠せない。

「ま、まさか……白騎士の正体が、あんな少女だったなんて……」

「しかも……なんか、あの少女……アルヴィン王子に似てないか……？」

「い、一体、どういうことなんだ……？」

そんな風にざわめく観客達を他所に。

しばらくの沈黙の後、白騎士――エンデアはシドへ振り返って問う。

「どうしてわかったの？」

「………」

「フローラにかけてもらった、正体隠しの偽装魔法は完璧だったわ。今の私のマナの色は誰にもわからないはず。なのに、なんで……？」

「その太刀筋さ」

シドも振り返りつつ、あっさりと答えた。

「俺は、一度剣を交えた相手の太刀筋は絶対に忘れない」

「呆れた人。規格外もいいとこね」

エンデアが鼻を鳴らしてぼやいた。

「しかし……しばらく見ないうちに、お前は随分と腕を上げたじゃないか……いや、ちょっと違うな？」

シドがエンデアの姿を霊的な視覚でよく観察する。

偽装の魔法がかかっていた兜が割れたせいか、先ほどと比べたら、格段にエンデアのマナが感じ取り易くなっている。

それでもまだ非常にわかりにくいが、一つだけわかることは。

「まるで、お前という存在が、別の異質な何かに変わりかけている……そんな感じだ。なあ、エンデア……その力は一体、なんだ？」

ふと、シドの未だ曖昧な伝説時代の記憶に、何かが引っかかった。

今のエンデアがまとう力と雰囲気。

それを、シドは伝説時代のどこかで感じたことがある。対峙したことがある。

それは、一体、何だったか……？

「なぁ、エンデア。お前は……お前達暗黒教団は、一体何を企んでいる？」

「それは、あなたには関係ないわ、シド＝ブリーツェ」

シドの問いかけを突っぱねるエンデア。

「それよりも……私の目的は、あなたよ。私はあなたに会うために来たの」

「……？」

「まぁ、こんなに早く正体が割れるなんて予定外だったけど、いいわ。

私はあなたに会うために、あんなバカ男の臣下を装う(よそお)なんて屈辱に耐えてきたの。光栄に思いなさいな」

「ほう？　俺に？　別に構わないが、一体、何の用だ？　こないだの雪辱戦というわけでもなさそうだが」

シドがそんな風に小首を傾げて(かし)いると。

「私の臣下になりなさい、《閃光の騎士(サー・シド・ザ・ブリーツェ)》シド卿」

意外過ぎるエンデアの言葉に、さしものシドも少し目を瞬かせる。

そして、そんなシドに、エンデアがさらに畳みかける。

「あなたは仕える王を間違っているわ。アルヴィンなんかに、あなたみたいな騎士はもったいないの。私に仕えて。私こそが、あなたに相応しい(ふさわ)王よ」

シドはそんなエンデアの言葉を、しばらくの間、黙って受け止めて。

「エンデア。悪いが、俺の今世の主君は……」

シドが目を細め、エンデアをやんわりと拒絶しようとした……その時だった。

「お願い」

なんと、あの高慢で鼻持ちならないエンデアが、シドに懇願するような、縋るような声を出したのである。

「……エンデア？」

「アルヴィンなんかに仕えないで……アルヴィンなんか見ないで……ッ！」

徐々に。

徐々に、エンデアの感情が高ぶっていく。

「アルヴィンなんか捨てて、私に仕えて！　私を見て！　私だけを見てッ！」

「………………」

「以前、私がやったことを怒ってるなら謝るし、反省もするわ！　それに、アルヴィンとの契約関係のことならフローラがなんとかしてくれる！　あなたはアルヴィンのマナじゃなくて、私のマナで生きるの！」

「……………」

「もし、アルヴィンを捨てて、私に仕えてくれるというのなら……私は、あなたに私の全てを捧げてもいいわ！　あなたが望むことなら、私、なんでもする！

だから、お願い！　シド卿……ッ！　お願いだから……ッ！　ねぇ⁉」

必死に懇願してくるエンデアを、シドは無言で見つめる。

どうやら、嘘や冗談の類いではない。本気だ。

理由は不明だが……エンデアは本気でシドを欲しがっているのだ。

「……………」

エンデア。アルヴィンとうり二つの容姿を持ち、オープス暗黒教団の大魔女フローラが主と持ち上げる、謎の少女。

なぜ、エンデアがアルヴィンに激しい憎しみと対抗心を持ち、こうして自分に執着してくるのか、シドにはわからない。

〝あなたは、あの《閃光の騎士》なのに、どうして、私は助けてくれないの？〟

以前、エンデアが言った言葉が蘇る。

ようやく、あの言葉の真の意味を、シドは悟る。

恐らくあれは、エンデアからの無意識のメッセージだったのだ。

すなわち──……

シドは目を閉じて、深呼吸して。

やがて、目を開いて、真っ直ぐにエンデアを見つめる。

そして、言った。

「悪いが……俺の今世の主君はアルヴィンだけだ。お前に仕えることはできない」

「……ッ⁉」

その瞬間、まるで世界の終わりを目の当たりにしたような顔をするエンデアへ、シドは

さらに言葉を続けようとする。

「だが、俺は……」

〝一人の騎士として、お前を救おう〟。

シドがそう言葉を続けようとした……その時だった。

「うふふ……あははは……」

不意に、エンデアが笑い始めた。

致命的に何かが終わってしまったような……そんな壊れた笑い方。

「あははは……ッ！　あっははははははははははははははははははははははははははははははははははははははははははははははははは——ッ！」

「エンデア？」

「ああ、なんだ！　そうなんだ！　やっぱり、私じゃなくてアルヴィンを選ぶんだ！」

エンデアが涙を目尻に浮かべながら、癇癪を起こして叫き散らす。

「なんで⁉　どうして⁉　私とあの子は同じはずなのに！　なのになんで、いつもアルヴィンばっかり全部手に入って、私は何も手に入らないの⁉　アルヴィンは選ばれて、私は選ばれないの⁉　もういい！　もういいわよ！　もうっ！」

ばあんっ！

その瞬間、エンデアが纏っていた白い鎧が、盛大な音を立てて砕け散って弾け、その破片が周囲に四散する。

すると、その身から闇色のマナが、火山の噴火のように立ち上り……その背中に黒いマナで形成された翼が凄まじい勢いで広がった。

そして、空間を猛毒のように伝播する黒いマナが、その場に張られていた【不殺の結界】をみるみる侵し、あっさりと破ってしまう。

何事かと呆気に取られる一同の前で、エンデアはいつもの黒いゴシックドレスのスカートをバサリと広げ、虚空に手をかざす。

その虚空に闇がわだかまり、その中に手を差し入れ、振りの妖精剣を引き抜く。

黒の妖精剣《黄昏》。

エンデアの持つ、世界最強の黒の妖精剣を。

「私のものにならないのなら死ぬしかないわぁ……ッ！《野蛮人》ッ！」

憤怒の、それでいてどこか哀しげな表情で、エンデアは剣先をシドへと向ける。

「続行よぉ！　アルヴィンにあなたは絶対渡さない……ッ！　だったら、せめて私の手で殺してあげる……ッ！　我が冬に抱かれて死んじゃえ……ッ！」

途端、エンデアが得意とする闇の凍気が、まるで冬の嵐のように巻き起こり——その闘技場内の空気を一気に氷点下まで下げた。

呆気に取られて見守る観客達の全員が、あまりの寒さに震える。

全身から激しい殺気と圧倒的な黒のマナを爆発的に放つエンデア。

こうして、完全に偽装の魔法が解かれてみるとわかる。

今のエンデアは……何かが違う。

以前のエンデアとは、何かが致命的に変わってしまっている。

エンデアという存在が、別の何かになりかけている。

このままだと……引き返せなくなる。

「……来い」

シドは静かに、ゆっくりと黒曜鉄の剣を構えて。

「ぁあああああああああああああああああ——ッ！」

全身に壮絶なる闇を漲らせ、エンデアがシドへと突進を開始するのであった。

————。

次元の違う戦いが繰り広げられていた。

剣に闇の凍気を漲らせたエンデアと、剣に稲妻を漲らせたシドが、真っ向から凄絶に打ち合っている。

エンデアが繰り出す一太刀ごとに闇色の凍気が巻き起こり、空気が凍てつき、雪が吹き荒れ、地面を氷が張っていく。

それにシドが高速で剣を合わす都度、稲妻が爆ぜ、明滅する光が辛うじて場を浸蝕する闇を祓い清めていく。

互いに剣を振り抜き、振り上げ、払い、切り返し、弾き返し、突き込む。

互いに戦場を縦横無尽に駆け抜け、剣を振るい続ける。

激突。激突。激突。

喰らい合う刃と刃の衝撃音が断続的に響き渡る。

「ぁあああああああああああ——ッ！」

「……エンデア……ッ！」

それはまるで光と闇のせめぎ合い、地獄の戦闘空間だった。

まるで癇癪を起こした駄々っ子のように攻め立ててくるエンデアの攻撃を、シドは淡々と捌き続ける。

その一方——

「ウォルフ皇子……ッ！」

貴賓席のアルヴィンは、ウォルフに詰め寄っていた。

「アレは一体、どういうことなんだ!?　なぜ、あなたが彼女を自身の配下の騎士にしているんだ……ッ⁉」

「な、なんの……ことだ……？」

ウォルフが目を背けようとするが、アルヴィンが胸ぐらを摑んで戻す。

「とぼけるのも大概にするんだ！　今、彼女が振るっている力を見ろ！　誰の目から見ても、明らかな黒の妖精剣！　忌むべき闇の力……ッ！

当然だ！　彼女の名は、エンデア！　北の魔国の盟主なのだからッ！」

「……ッ⁉」

「あなたは北の魔国に対抗するんじゃなかったのか⁉　そのあなたに、なぜエンデアが与しているんだ⁉　まさか僕を謀ったのか⁉」

「し、知るか……ッ！」

ウォルフがアルヴィンに吼え返す。

「白騎士があんな女だったなど俺の知ったことではない！　そもそも、俺は白騎士の素顔すら知らなかったのだからな……ッ！」

「な……なんだって⁉　そんなバカな話が——」

「白騎士については、そいつを俺の臣下に推したやつに聞け！　俺は本当に何も知らぬのだ！」

「一体、誰だそれは……ッ⁉」

「以前も言ったろう？　俺に人工妖精剣（スピリット・ギア）製造技術をくれた魔法使いだ……白騎士についてはあの女が一番良く知っている……ッ！」

「魔法使い？　あの女……？」

瞬時に、アルヴィンの脳裏で繋（つな）がるものがあった。

「フローラだ……ッ！」

状況的に、オープス暗黒教団の大魔女フローラが、ウォルフの背後にいるのは間違いない。

つまり、それは恐ろしいことを意味する。

王国の喉元――西のラングリッサ砦（とりで）を占領している帝国軍のインペリアル騎士団（オーダー）は、全員、人工妖精剣（スピリット・ギア）で武装しているという。

そう、つまりはフローラが作り上げた無色の人工妖精剣（スピリット・ギア）で、だ。

あの抜け目ないフローラが、北の魔国が不利になるようなことをするわけがない。ドラグニール帝国に、ただで魔国の脅威となる力を与えるはずがない。

あまりにも嫌な予感がする。

このままでは王国はおろか、この大陸で一番の大国であるドラグニール帝国にまで恐ろしいことが起こる——そんな猛烈な確信があった。

「ウォルフ皇子！　今すぐラングリッサ砦を占領する帝国軍へ、あなたの名で伝令妖精(メッセンジャー・ピクシー)を飛ばすんだ……〝人工妖精剣(スピリット・ギア)を放棄して、本国に帰還せよ〟、と！」

「な⁉」

「そして、あなたもすぐにその人工妖精剣(スピリット・ギア)を手放すんだ！　でないと、きっと取り返しのつかないことになる！」

「何をたわけたことを言っているか⁉　アルヴィン王子ッ！」

途端、ウォルフが激昂(げきこう)した。

「怖(お)じ気(け)付いたのか⁉　いくら自分の国が惜しいからと、今さらそんな道理が通るはずがなかろう⁉」

「そんなことを言っている場合じゃないんだ！　あなたは何もわかっていない！　フローラという魔女の悪辣(あくらつ)さと闇を！　彼女が作ったというなら、人工妖精剣(スピリット・ギア)は危険だ！　人が触れてはいけないものだ！」

「ええい、黙れ黙れ、アルヴィンッ！」

どうしたものかとわたわたしている三大公爵達の前で、ウォルフがアルヴィンの胸ぐらを掴み上げ、凄(すご)む。

「ああ、そうか！　ひょっとして、俺の白騎士の力に怖じ気付いたな？　自慢のシド＝ブリーツェが負けるかもと思い始めたのだな？」

「違う！　そうじゃない！　大体、エンデアはあなたの騎士じゃ――」

「俺の騎士だッッッ！」

現実をまるで認めず、ウォルフがそう言い切った。

「エンデアなど知らん！　あいつは白騎士だッ！　俺の騎士だッ！　俺の覇道を敷く、世界最強の騎士なんだッ！　ゆえにこの天騎士決定戦を制し、俺にこの国とお前をもたらしてくれる忠臣なのだッ！　女風情(ふぜい)が俺に指図するなぁあああ――ッ！」

そう叫んで。

ウォルフが腰の人工妖精剣(スピリット・ギア)に手をかけ、アルヴィンを睨(にら)み付けた。

「まだ、そんなことを言っているのか……」

駄目だ。

どういうことかわからないが、ウォルフはもうすっかり正気じゃない。

否、あるいは……最初から正気じゃなかったのかもしれない。

ともかく、今や一刻を争う事態だと、アルヴィンは直感している。

一分一秒でも早く、帝国軍の人工妖精剣(スピリット・ギア)武装を解除させなければ、取り返しのつかない事態になると確信している。

だが、帝国軍に命令を下す立場のウォルフがこんな状態ではどうしようもない。

(僕は一体、どうすれば……ッ⁉)

イザベラはいない。

何か、絶対に外せない大事な儀式があると、今日一日はアルヴィンの傍にいない。

裏切り者の三大公爵が役に立たないのは目に見えているし、単純な武力では、ブリーツェ学級が束になっても、人工妖精剣で武装したウォルフには及ばない。

(どうすれば……?)

アルヴィンが縋るように、中央フィールドで戦うシドを見やる。

エンデアの猛攻は凄まじかった。

無限に湧き起こる闇の凍気が、シドを呑み込もうと渦を巻き、吹き荒れ、押し寄せる。

それを乗せた無限の凍てつく剣撃が、シドを攻め立てる。

信じられないことに、どう贔屓目に見てもシドが劣勢だ。

なにせ、剣と剣を交えただけで、闇の凍気が剣越しに伝播し、シドを凍らせていく。

身体がどんどん凍っていくシドの動きは刻一刻と鈍っていく。

だって、あんなものどうしようもない。

シドがいくら素早かろうが、頑丈だろうが、まったく関係ない。

あの闇の凍気は、近付くあらゆる者に等しく死の凍結をもたらす無敵の力だ。

そんなエンデアの攻勢は留まるところを知らず、シドは今にも押し切られそうだ。

（エンデア……しばらく見ないうちに、どうやってそれほどの力を……？　いや、そもそも、本当に君は一体、何者なんだ……？）

謎や疑問は尽きない。

そして、そんな劣勢と苦境に立たされて、尚、シドは戦っている。

常人ならばとっくに心が折れ、勝負を投げ出すような詰んだ状況でも、シドはアルヴィンに対する騎士の誓いを果たそうとしている。淡々と。

ならば――

（元々、僕ができることは……シド卿を……僕の騎士を信じることだけだッ！）

アルヴィンは覚悟を決めた。

「ウォルフ皇子。真尊き聖王アルスルの系譜、アルヴィン＝ノル＝キャルバニアの名に於いて、ここに新たな誓いを立てよう。

もし、余のシド卿が負けたのであれば……余は完全にあなたのものとなろう。身も心もあなたに仕えよう。あなたの腕に抱かれ、あなたの色に染まる一人の女となろう。

だが、もし……シド卿が勝ったならば。天騎士の座についたのならば。余を一人の王と認め、帝国が保有する全ての人工妖精剣を破棄するんだ。よろしいか？」

そんなアルヴィンの言葉に。

「言ったな……？」

ウォルフがニヤリと嗤った。

「負けた後で、やはり嫌だとかは問屋が卸さぬぞ？」

「王に二言はない」

「はははははははは──っ！　いいだろう！　乗った！」

そうして、ウォルフが高笑いする。

なにせ、彼にとってこんなに美味しい賭けはない。

ウォルフの白騎士は、明らかにシドを圧倒している。今にもシドを押し切ろうとしている。

ならば、新たにこの誓いの約定を結ぶだけで……アルヴィン──否、アルマ姫が確実に自分のものとなるのだから。

ウォルフは己が勝利を確信して、叫ぶのであった。

「さぁ、やれ！　白騎士！　シド＝ブリーツェを殺せぇえええええ──ッ！」

対し、アルヴィンは、ただ真っ直(まっす)ぐシドを見つめるだけだ。

「……シド卿……」

こうして。

シドとエンデアの壮絶な戦いは続いていくのであった──

──。


──寒い。

闘技場内がとてつもなく昏(くら)く──寒い。

春先の昼間だというのに、まるで真冬の夜だ。

どこからともなく降る雪が、渦巻く風と共に、びゅうびゅうと吹雪(ふぶ)いている。

場にわだかまる闇が光を呑み込み、照明役の鬼火妖精(ウィル・オ・ウィスプ)が漂い照らしていなければ、フィールドの様子がまるでわからないほどに暗い。

観客席の観客達は白い息を吐き、頭や身体に積もった雪を払い、魂(ウィル)が痛むような寒さにガタガタと震えている。

全て、エンデアがその剣から際限なく発生させる闇の凍気のせいだ。

そして、中央フィールドから遠く離れた観客席にいる者達ですら、これほどの寒さに震えているのだ。

当の中央フィールドは、極寒の氷結地獄（コキュートス）であった。

「ふぅー……ふぅ……」

シドが白い息を吐きながら、逆手で剣を構え、エンデアと対峙（たいじ）している。

「…………」

対し、闇色の猛吹雪の中心——エンデアは、そんなシドをじっと見つめている。

しばらくの間、両者は睨み合い——やがて、互いに霞（かす）み消えるように動いた。

瞬時に消える、彼我の間合い。

交錯する稲妻と闇。

撃音が闘技場内を震わせる。

衝撃が闘技場内に積もった雪を空に舞わせる。

雪と氷を四散させながら、シドとエンデアが凄まじい速度と威力で剣を幾度となくぶつけ合い——

やがて。

「――ッ⁉」

シドがエンデアの剣圧で吹き飛ばされ、二度、三度跳躍して後退する。

「……くっ」

そして、僅かに膝が落ちそうになるのを堪え、エンデアを凝視する。

やはり、完全にシドが劣勢だ。

戦い始めてから時間が経過すれば経過するほど、シドの動きは鈍っていく。

それもそのはず。

「残念ね、シド卿。私のこの闇の凍気は、ただ凍らせるだけじゃないわ。熱と共に、生者の生命力そのものを根こそぎ奪っていく……そんな死の冬なの」

エンデアが己の剣の刀身に指を這わせながら口元を歪め、得意げに言い放つ。

「わかるでしょう？　長期戦になればなるほど、この死の冬の中で戦うあなたの生命力は勝手に失われ、一方的に弱っていくということ」

「そのようだな」

シドがどこか苦々しく自分の腕を見る。

薄氷がびっしりと張り付き、凍てついてしまったその腕を。

「すでに、俺の身体を流れる血がかなり凍っている。こりゃ、完全に動けなくなるのは時間の問題だ」

シドお得意のウィルは、呼吸と血流からマナを練り上げる技だ。

つまり、このまま血と身体が凍り続ければ、ウィルもどんどん弱くなっていく。

言わば、エンデアの黒の妖精剣は、ウィルの使い手の天敵――シドにとって相性最悪の相手と言えた。

「言っておくけど、それでもあなた、充分化け物なんだからね？　並の妖精騎士なら、この闇の凍気に直に触れれば、即座に全身氷漬けの即死だからね？」

「…………」

「とにかく。以前は、まだまだ自分の〝本当の力〟を上手く使えなかったから遅れを取ったけど……今は違うわ」

エンデアがシドを真っ直ぐ睨み付ける。

「今の私は、〝本来の力〟に相当なレベルで覚醒しているわ。以前の私とは違う」

「…………」

「あなたの負けよ、シド卿。すでにこの場は、私の死の冬が完全に支配した。いくら、あなたでも、もうここからはどうやってもひっくり返らない」

「………」

それでも無言で剣を構えて、エンデアを見据えるシドへ。

エンデアは淡々と告げる。

「ねぇ、シド卿。あなた……死ぬわ。死んでしまうわ」

「………」

「言っておくけど、私の闇の凍気はまだまだこんなものじゃないわ。わからなかった？

私があなたを殺したくないから手加減していたことが」

「………」

「その気になれば、私の闇の凍気の威力は上がる。私にはまだまだ上がある。でも、あなたは……もう後がない。そうよね？」

するとエンデアは構えていた剣を下ろし……シドを見つめる。

まるで捨てられた子犬のような目で、シドを真っ直ぐと見つめる。

「最後にもう一度、あなたに言うわ。私の騎士になって、シド……」

「………」

「アルヴィンなんか捨てて。私の傍にいて。お願い。これが……本当に最後の最後」

そんなエンデアの縋るような願いに。

「すまん。それはできん」

シドは首を振った。

「何度も言うが、俺の今世の主君はアルヴィンだけだ」

「そう……」

かくり、と。

シドの返答を聞いたエンデアが頭を落とす。

つ、と。その頬を涙の滴が伝い、それが凍りついて、氷片となって散っていく。

だが、そんな風に肩を落として涙を流すエンデアへ、シドは言った。

「だが、お前が何らかの救いを、俺に求めるならば……俺は騎士として、お前を救うと誓おう……〝騎士は真実のみを語る〟」

「……ッ⁉」

すると、エンデアは、一瞬、はっと目を見開いて。

やがて、わなわなと震えて、怒りも露わにシドを睨み付け——吼えた。

「うるさい……うるさいうるさいうるさい……ッ！　今さら、同情や憐れみなんて要らないわ……ッ！　そんな心にもないこと言わないで……ッ！」

「エンデア。俺は……」

何か言いかけたシドの言葉を遮るように、エンデアがシドへ剣を向け、荒ぶる感情のままにまくし立てていく——

「もういい！　あなたが、どうしても私のものにならないことはわかったわ！　だったら無理矢理にでも、あなたを私の傍(そば)に置いてやるッ！　アルヴィンには渡さないッ！　渡してやるもんですか……ッ！」

癇癪(かんしゃく)を起こした幼子のように泣き叫んで。

エンデアは、両手で剣を頭上に掲げ——叫んだ。

「**汝は遍く死を司る黄昏の闇**(ユ・ア・デュース・コンス・トアライト)**・**——ッ！」

その瞬間。

びゅごお！　と、世界にさらなる闇の凍気がわだかまった。

際限なく渦を巻く闇と共に、さらなる猛吹雪が巻き起こる。

今までとは、さらに次元が違う凍気だ。

今までが、まるで春のように思えてくるほどに、世界の熱がさらに奪われ、気温が下がる、下がる、下がる、下がる下がる下がる下がる下がる下がる——

ビキビキと音を立てて、エンデアの周囲に氷柱が成長していく。

まるで幾本もの天に聳え立つ塔のように、氷柱が伸びていく。

フィールドが、濃密なる闇と雪と氷に閉ざされていく——

「ま、まさか……大祈祷!? アレはエンデアの大祈祷です……ッ!」

「マジかよ!? ここで来るのかよぉ!?」

観客席のテンコ達が悲鳴を上げる。

「い、息苦しい……ッ! まさか、こっちの空気まで凍って……ッ!? なんていう力だ……ッ!」

ルイーゼが苦しげに悶える。

その異様なエンデアの力に、観客達の誰もが恐れ戦く。

そうしている間にも、エンデアの力と凍気は際限なく高まっていき——

「——・その冷たき剣を振るいて春を殺し・——」

ゆっくりと一句一句。この世界そのものに命ずるかのように。

エンデアの古妖精語(エスピリッシュ)による祈祷文は続く。

場に昂(たか)ぶっていく、圧倒的な凍気。

誰もが、あの祈祷文を完遂させてはいけないと、魂(ウィル)で直感する。

だが、最早(もはや)、誰も止められない。

あの壮絶な凍気には、近づいただけでも絶死だ。

恐らくは、シドの稲妻すらも、あの凍気の前には凍りついてしまうだろう。

そんな絶望の光景を前に。

「………………」

シドはただ、じっとエンデアを見守るだけだった。

そして――

「・三千世界に常夜の冬を敷く者なり(デューテ・サンザウデ・ウィンタルテ)・――……ッ！」

ついに、エンデアの祈祷文が完成すると同時に。

エンデアを中心に、爆発的な闇の寒波が広がった。

闇が、闇が、あらゆる生命を凍てつかせる、圧倒的な闇の波動が。
この世界の遍く全てを舐め尽くさんばかりに広がり、浸蝕していく。
凄まじい速度と勢いで、全てを冷たく塗り潰していく。
それは、全方位全空間攻撃。
避けることも、受けることも、逃げることすらも不可能。
発動即確定勝利。必中必殺の死の空間。
それに為す術なく、シドが呑み込まれていく。

「し、師匠ぉおおおおおおおおおおおおおお――ッ!?」

場に、テンコの悲痛な叫びが響き渡るのであった――

――。

# 終章　王の資質

「こ、これは一体、どういう……ッ!?　何が起こっているのです……ッ!?」

キャルバニア城の某所、聖霊降臨祭の儀式場にて。

イザベラの愕然とした叫びが響き渡っていた。

「な、何……これ……？　なんなんですか、これ……？」

リベラ以下、その場に集う《湖畔の乙女》の半人半妖精達が、全員真っ青になって中央になる祭壇を注視している。

そこには……古竜の角、人間の頭蓋、貴尾人の尾、巨人族の目玉、半人半妖精の生き血……そういった、様々な見るも悍ましい物品が並んで鎮座していた。

つい先刻まで、その祭壇には別の物が並べられていたのだが、それがいつの間にかそれらにすり替えられていたのだ。

認識を操作する偽装魔法──しかも、イザベラほどの魔法使いをも欺く、恐ろしく高度な魔法が、その祭壇にかかっていたのだ。

つまり、イザベラ達はそんな悍ましい物品を触媒として、例年の聖霊降臨祭の儀式を執り行ってしまったことになる……

「イザベラ様……なんだかこれ生贄みたい……それに……なんか……見ているだけで気分が悪くなってくる……い、異様ですよ、これ……」

リベラが戦々恐々としながら、祭壇の上に並ぶ悍ましき生贄を見やる。

まるでその生贄達が並ぶ祭壇だけ、昏い闇が降りて掛かっているような……その生贄とされた者の苦悶と怨嗟が聞こえてくるような……そんな奇妙な錯覚。

直視するだけで自然と背筋が寒く震えてくる。

イザベラは霊的な感覚で、その生贄の正体を察した。

「これは……まさか、ANTHE-TASTHE……ッ⁉」

「な……何かご存じなのですか⁉　イザベラ様！」

リベラの問いに、イザベラが額に脂汗を浮かべて頷いた。

「魔法儀式に使用する触媒を精製する禁断の外法です。同じ種の物品を何百、何千と重ね合わせて一つに合成することで、儀式に捧げる生贄としての霊的価値を飛躍的に増幅させる……そんな魔法です」

「えっ⁉　じゃ、じゃあこれって……ッ⁉」

　リベラが恐れ戦きながら、生贄が並ぶ祭壇から離れる。

「ええ、これらはどれ一つとっても、数え切れないほどの犠牲者の上に作られたもの……決して触ってはいけませんよ？　呪いが強すぎて、魂(ウィル)を持って逝(ゆ)かれます。一刻も早く解呪しなければ……ッ！」

　さしものイザベラも緊張と動揺と共に、祭壇から一歩引く。

「しかし、これほどの霊格の生贄を精製するなんて……これを用意した者は一体、どれほどの殺戮(さつりく)と犠牲者を積み上げて……？」

「そもそも、なんでこんなものがこの祭壇に⁉　わ、私達は確かに、光の妖精神様(エクレール)にいつも捧げる供物(くもつ)を用意したはずなのに……ッ⁉」

　そんなリベラの指摘に、イザベラが我に返る。

「まさか……」

　そして、床の巨大な魔法陣に取り縋(すが)り、それを調べる。

　すると……

「嘘(うそ)……書き換えられてる……？」

　イザベラは愕然とした。

「巧妙に偽装されていますが……いつの間にか、魔法陣が別の物に書き換えられてしまっています……ッ！」

「な……ッ!?」

「これでは光の妖精神様(エクレール)に奉じる聖霊降臨祭にならない……ッ！　この聖霊降臨祭が奉じられてしまう先は――……ッ！」

そして、イザベラが立ち上がって、周囲の半人半妖精達(ニミュエ)に指示を飛ばした。

「伝令妖精(メッセンジャー・ピクシー)を！　即刻、天騎士決定戦の中止を〝上〟に伝えるのです！」

「えっ!?」

「早く！　このままでは取り返しのつかないことになる……そんな気がするのです！」

イザベラの指示を受けた半人半妖精達(ニミュエ)が次々と伝令妖精(メッセンジャー・ピクシー)を飛ばす。

だが、その時だった。

その儀式の場の空間のあちこちに、不意に闇がわだかまって……

その闇の中から染(し)み出して来るように、何かが無数に現れる。

全身に黒い襤褸(ぼろ)をまとった亡霊の剣士――幽騎士だ。

幽騎士達は現れるや否(いな)や、その見た目からは想像を絶するほど素早い動作で動き――

斬！　斬！　斬！

〝上〟に向かおうとしていた伝令妖精(メッセンジャー・ピクシー)を片端から全て斬り捨ててしまっていた。

「なぁ!? 北の魔国の呪われし先兵が、どうしてこんなところに!?」

恐れ戦くリベラ。

唐突なる敵の出現に、大混乱に陥る半人半妖精達。

「くっ！　気付くのが遅かったようですね……ッ！」

イザベラが歯噛みして腰から杖を抜いて、次から次へと際限なく闇の中から生まれ落ちて来る幽騎士達へ、その杖の先を向けて言霊を唱え始めるのであった──

────。


──一方、その頃。

聖霊御前闘技場では、エンデアの大祈祷によって生み出された〝白い闇〟がようやく晴れてきていた。

地獄の寒波が過ぎ去り、収まってくる。

そして、そんな寒波の発生地。

中央フィールドの真ん中には──

「…………」

巨大な氷塊の中に閉じ込められた、シドの無惨な姿があった。

どこをどう見ても生きていない。

人があのような状態になって、生きていられるわけがない。

「し、師匠……ッ!?」

「そ、そんな……嘘ですわ……ッ!」

絶望の表情で叫ぶ、テンコらブリーツェ学級の生徒達。

「馬鹿な……あのシド卿が……負けたというのか……?」

ルイーゼも信じられないという表情で愕然とするしかない。

「お、おい……帝国側の騎士が……勝ってしまったぞ……?」

「つまり、私達は帝国の傘下に……?」

「ど、どうなるんだ、これから……」

民衆も、不安と混乱に揺れている。

自分達の最後の希望が失われてしまったことを嘆くしかない。

「ふは、ふはははははははははは——ッ！　勝った！　勝ったぞッ！」

そして、ウォルフ皇子が歓喜の声を上げた。

「何が《野蛮人》だッ！　何が伝説時代最強の騎士だッ！　別に全然、大したことなかったではないか!?　約束は覚えているだろうな、アルヴィン！　お前はもう、俺のものだ……ッ！　ククク、躾けてやるぞ、このじゃじゃ馬娘め……ッ!?」

その時——その場の誰もが、シドの敗北を確信していた。

ブリーツェ学級の面々も、観客達も、騎士達も、三大公爵達も、ウォルフも。

誰もかもが。

そして、シドを慕う誰も彼もがその悲惨な現実を直視できず、目を背ける。

だが——

「…………」

アルヴィンは。

当のアルヴィンだけは、ただじっと中央フィールドのシドを見つめている。

ただ一人だけ、信じるように見つめている。

(だって……シド卿は、僕に誓ってくれたのだから)

そして――

「結局……こうなっちゃったわ……」

エンデアが、氷塊の中で眠るシドをじっと見つめていた。

即死だ。

確認するまでもない。

闇の凍気で創られたこの永久氷晶に閉じ込められれば、誰しもが生きていられない。

一瞬で、全ての生命力を根こそぎ奪い尽くされて、抜け殻と化す――

「今の私と戦えば、こうなるって……あなたもわかっていたでしょうに……」

エンデアが、ふらりと氷塊のシドへ歩み寄っていく。

どこか切なげに、哀しげに、シドを見つめながら。

「思えば……物語の中のあなたは、いつだってそうだった。あなたは、己が主君と守るべき民のために、最後まで命をかけて戦う人だった。

でも、そうやってあなたが守る者の中に、私はいない……だって、私は……」

そして。

エンデアは、シドの氷塊にそっと手を触れる。

ピタリと頬をつける。

「でもいいの……こんな形になってしまったけど、あなたは私のもの。永遠に変わらぬ氷塊のあなたを、私はずっと傍においてあげるわ。

そう……これからはずっと一緒……たとえ、この世界が滅んでも……」

そんな風に。

エンデアが誰へともなく一人呟いていた……その時だった。

どくん。

不意に、氷塊越しに伝わってきたのだ。

ありえないシドの鼓動が。

「……え?」

はっとして、エンデアが顔を上げた──次の瞬間だった。

バッキィイイイイイイイイイン！

突然、氷塊が左右真っ二つに割れて、粉々に砕け散った。

「きゃあ⁉」

慌てて跳び下がったエンデアが見たのは──

「おいおい、勝手に試合終了の鐘を鳴らすんじゃない」

右手の手刀を振り下ろした格好で、かがみ込んでいるシドの姿であった。

「な、なんで⁉　私の大祈祷を喰らって生きているはずが──ッ⁉」

「生きているんだからしょうがない」

シドが、コキコキと首を鳴らしながら立ち上がった。

「単純に俺の心臓を止めるには、まだまだ凍気が足りなかった……それだけだ」

見れば、あれほど凍りついていたシドの身体が、完全に元に戻っている。

奪い尽くしたはずの生命力が全身に漲っている。

「う、嘘……どうして……？」

そんなシドの復活に、エンデアはただただ狼狽えるしかなかった。

「何、単純な話さ。この戦いは最初から〝我慢比べ〟だったんだ」

「が、我慢比べ……？」

「ああ、そうさ」

シドが左右に伸脚しながら、種明かしをする。

「確かに、お前の闇の凍気の特質は厄介だった。ウィルで練り上げるマナが、片端から凍りついて、奪われてしまう。

おまけに、常に闇の凍気をその身に隙なく纏うお前は攻守共に完璧。ウィルを戦術の主体とする俺には、有効打が何一つなかった。

俺もウィルがなければ、鍛え抜いただけの人間だからな」

「……ッ⁉」

「じゃ、どうするか？　お前が力を使い果たして弱まるのを待てばいい」

「あ……」

「だから、俺は最低限のウィルを練り上げ、心臓だけを強く守った。幸い俺の血は〝聖者の血〟。闇の力に対して強い耐性がある。ましてや、それが身体でもっとも集まる心臓ならな。心臓さえ動けば、俺はウィルを問題なく練れる」

「な、……ぅ……何それ……？　そっ、そんなの……」

どこまでも想定を超えて規格外なシドに、恐れ戦いたエンデアが一歩、また一歩と後ずさる。

そんなエンデアへ、シドが静かに問う。

「さて、エンデア。使ったな？　大祈祷を。力が上がっているとはいえ、大祈祷の使用……しかもあれだけ本気を出せば、相当な消耗だろう？」

「う……ぁ……ッ⁉」

図星なのか言葉に詰まるエンデア。

「お前が癇癪起こさず、ちまちまと俺を削り殺そうとしていれば、三割くらいはお前に勝算があったろうな。だが、最早ゼロだ」

「な、何を……ッ⁉　この世界を闇に閉ざすこの私が負けるわけが……ッ！」

エンデアが憎々しげにシドを睨み付け、己が妖精剣を振り上げる。

「何度でも……何度でも氷漬けにしてやるわぁあああああああ――ッ！」

エンデアの裂帛の咆吼と共に。

再び、闇の凍気がエンデアを中心に渦を巻き始める。

が――大祈祷を放った直後の、このタイミング。

明らかに、その凍気の威力と勢いは——今までと比べて鈍い。

「かっ！」

シドの気迫の一喝が、エンデアが巻き起こす闇の凍気をあっさり吹き飛ばす。

「……なぁ……ッ⁉」

剣を構えたまま、愕然とするエンデアの前で。

「終わりだ、エンデア」

コオォ——シドの呼吸が、瞬時に爆発的にウィルを燃やした。

ドクンと一つ大きく強く脈打つ心臓が、マグマのように熱く滾る血を全身に回す。

シドの全身にさらなるマナが高騰し——

——その刹那。

しゅぱっ！　地を走る一条の稲妻線。

一陣の閃光と化したシドがその稲妻の線に沿って神速で駆け抜け、突き出した左手で全ての闇を真っ二つに斬り裂いた。

「ぁあああああああああああああああああ――ッ⁉」

反応すらできず。

エンデアは為す術なく、駆け抜ける閃光に弾き飛ばされ、宙を舞うのであった――

――。

しん……静寂が辺りを包み込んでいた。

ぐったりと倒れ伏すエンデア。

その向こう側で、超前傾姿勢で左腕を振り抜いて残心しているシド。

フィールドに引かれた一本の稲妻の線だけが、バチバチとその光の残滓を弾けさせている。

絶体絶命からの、あまりにも鮮烈なる逆転劇。

最強の騎士とは？　天騎士とは？

それを端的に表したような、絵画の一シーンのような、その光景に。

「「「…………」」」

しばらくの間、その場の誰もが絶句していた。

我を忘れて、呆然（ほうぜん）とその光景に見入っていた。

だが、やがて。

シドが天騎士の座を射止めたことを、徐々に理解していくと。

ぉ、ぉおおおおおおおおおおおおおおおおお
おおおおおおおおおおおおおおおおおお――ッ！

まるで爆音のような大歓声が上がるのであった――

――――。

「ば、ば、馬鹿な……ッ！　有り得ぬ……ッ！」

ウォルフが震えていた。

「う、ぁああ……」

「そ、そんな……」

「う、嘘だ……嘘だ……ッ！」

三大公爵達が震えていた。

「勝負はついた」

ただ、アルヴィンだけが、そう冷静に言い放った。

「ウォルフ皇子。これでシド卿が天騎士だ。つまり、王国の騎士の方が、帝国の騎士より勝ることの何よりの証左。ならば、今こそ王同士の約定を果たしてもらおうぞ」

「う、ぐううう……ッ!?」

「まず、余を王と認めよ。そして、人工妖精剣を全て放棄し、ラングリッサ砦から帝国軍を退かせるのだ。良いな？」

それは、予め互いに定めていた契約の履行だ。

それに基づく至極当然の要求を、アルヴィンがウォルフへ突きつけると。

「ふざ、ふざ、ふざふざふざけるなぁあああああああああああ――ッ！」

途端、ウォルフがぐずり始めた。

「み、認めぬ……認めぬぞ、こんな結末は……ッ！　王国は俺のものだ……ッ！　お前は俺のものなんだ！　アルヴィン！」

「往生際が悪いぞ、皇子。王同士が決めた誓いの約定を反故にする気か？　そんなことをすれば、帝国皇室の権威は失墜し、この大陸のあらゆる国々からの笑いものだ」

「だ、大体、あの白騎士はなんだ⁉　お、俺はあんな騎士など知らぬ！　あんな女、俺の騎士ではないッ！　だから、このような戦いは無効だ、無効ッ！」

「そんな道理が通るはずがないだろう！」

「だ、大体だ！　お前はこれからどうする気だ⁉　俺の庇護なしで……帝国の力なしでやっていけると思っているのか⁉　女のお前が⁉　俺の帝国と北の魔国を敵に回して……この王国を守りきれると本気で思っているのか⁉」

「全て覚悟の上だ」

そんなアルヴィンの毅然とした言葉に。

どこまでも凛と、どこまでも気高いその姿に。

まさしく〝王〟たる風格を放つ、その姿に。

「う……あ……ッ！　ち、違う……お前はそうじゃない……そうじゃないんだ……ッ！」

そんなウォルフを無視して。

アルヴィンが……前に出る。

テラスの前に立ち、周囲の観客——王都の民達に向かって叫んだ。

『傾聴せよ！』

テラスに駐在する風の妖精達が、アルヴィンの声を観客達の全ての耳に届ける。

途端、シドの勝利に沸き立つ観客達が、しんと静まりかえる。

そんな観客達を見据え、アルヴィンは堂々と宣言した。

『ここに天騎士は決まった！　その名は、余の筆頭騎士シド＝ブリーツェ！　伝説時代より蘇りし、最強にて最高の騎士《閃光の騎士》シド卿である！

シド卿は、余の王命に従い、王国の騎士が帝国の騎士より優れたることを、ここに光の妖精神の御前にて完全に示したのだッ！

そして、皆も知ってのとおり、その勝利をもって、キャルバニア王国はドラグニール帝国からの支配をはね除け、自由を勝ち取ったッ！

キャルバニア王国は、ドラグニール帝国に屈しない！　北の魔国にも屈しない！

我らは未来永劫、自由の民！　決して大国の奴隷や家畜にはならぬッ！

余はここに改めて宣言しよう！　余はこの命ある限り、この国と民を守る！　偉大なる聖王アルスルの系譜――アルヴィン＝ノル＝キャルバニアの名に誓って！』

そんなアルヴィンの語りに。

民衆が、何か希望の光を見るような目で、アルヴィンを見つめ始めるが……

『騙されるな、キャルバニアの民草共ぉおおおおおお――ッ！』

そんな大音声が、民衆の熱に冷や水を浴びせる。

ウォルフだ。

『忘れたか⁉ アルヴィンは男ではないッ！ 女なのだッッッ！』

そんなウォルフの指摘に、民衆がはっとする。

『女の王が、あの北の魔国の脅威から貴様らを守れると思っているのか⁉ 俺の庇護も……帝国の庇護もなしにッ⁉

俺は、わざわざ貴様ら王国の民を救いに来てやったのだぞ⁉ 貴様らは、女を王に祭り上げて、この俺の厚意を足蹴にするつもりかッッッ⁉

アルヴィン王子――否、アルマ姫を俺に嫁がせ、ドラグニール帝国の庇護下に入るのが貴様らにとっての最良だとなぜ、わからぬ⁉』

すると。

たちまち、民衆の心に不安の影が立ち込め始める。

そんな民衆達の不安を煽り、追い打ちをかけるように──

『ウォルフ皇子殿下の言う通りッ！　アルヴィン王子は男ではない！　女だ！』

『彼女に、先王アールドの代わりが務まるわけがありませんッ！』

『女は王にはなれません！　それが掟なのですッ！　我々は掟を守るべきですッ！』

三大公爵達が必死に、口々に民に呼びかける。

いかに自分達が正しいか。

いかにウォルフ皇子とドラグニール帝国が強き存在であり、今のキャルバニア王国が脆い存在であるか。

いかに古き掟が遵守すべき大切なものか。

ウォルフとそんな公爵達は、観客席へ必死に訴えかける。

言われてみればそうだった……そんな感情や空気が、民達の間を流れ始める。

そう。女は王にはなれない。

それはキャルバニアの民の心の間に、無意識に存在する固定観念……常識だ。

たちまち、その場の民衆の間に、迷いが伝播していく。

このまま、女のアルヴィンを自分達の王に担ぎ上げていいのか？

むしろ……このまま帝国の傘下に入った方が、マシなのではないか？

掟。掟。掟。

古き禁忌の掟が、民衆の熱をどんどんと冷ましていく。

アルヴィンに希望の光を見た民衆が、我に返っていく。

だが――


『古き掟がなんだという⁉』


そんな民衆の魂を、再び大音声が打った。

フィールドの中央に立つシドだ。

普段は、物腰穏やかに落ち着いているシドが、珍しく大音声を上げている。

その声は――どこまで良く通った。

『それがどうした⁉　怯え迷える者達よ！　思い出せ！　我らが主君、アルヴィン＝ノル＝キャルバニアは、もう何度も証明をしてきたぞッ！

巨大なる竜の暴虐から、民を守らんと率先して剣を取ったのは、誰だ⁉

唯一無二の友を守らんと、闇に挑みて剣を取ったのは、誰だ⁉

この国を脅かす傍若無人な悪党、闇の勢力、妖魔……それらからこの国と民を守らんと日々方々で戦い続けたのは、一体、誰だ⁉

我らが主君は、もう何度も証明した！　弱きを守ろうとする気高さと、自分を捨てて誰かのために戦おうとする意志を！』

そんなシドの言葉に。

その場に集う民の間に。

その場に集うキャルバニア王立妖精騎士学校の従騎士達の間に。

今まで、常に誰かのために剣を取り続けたアルヴィンの姿が、鮮烈に思い浮かぶ。

そして、なぜか見たことも会ったこともない聖王アルスルの姿が……アルヴィンに被っていくような幻視が起こる。

『その尊き意志と行動は！　強き魂は！　アルヴィン王子殿下が何者であろうが……たとえ、女だろうが、男だろうが、関係ないはず！

俺はそんなアルヴィンの姿に、かつての我が主君、聖王アルスルの姿を見た！

ゆえに、ここに誓おう！

王国最高の騎士の称号たる〝天騎士〟シド＝ブリーツェ！

我が仕えるは玉座にあらず！　アルヴィン＝ノル＝キャルバニアが掲げる意志と魂に、永世の忠誠をッッ！』

そう言って。

民達が見ている前で、シドが改めてアルヴィンへ向かって跪く。

そして、跪きながら言った。

『今一度問おう！　我らが同胞よ！　キャルバニア王国の民草と騎士達よ！

汝等が崇め、仕えるものは何か⁉　カビの生えた古き王冠と玉座か⁉

それとも──未来を切り開かんと剣を取る、王の魂の輝きか⁉』

そんなシドの言葉に。

その場の民は、騎士達は……

「アルヴィン王……」

それは誰が、最初に呟いたか。

「アルヴィン王……」

「……おお……アルヴィン王……」


ざわざわ、と。

民達がまるで憑かれたようにアルヴィンを見つめて。

うわごとのように、アルヴィンを〝王〟と、そう繰り返し初めて。

やがて。


「「「アルヴィン王、ばんざぁああああああああああいッ！」」」


そのうねりは大きな津波となって、民に渦巻くのであった。

そんな民や騎士達の声援を受けながら。

アルヴィンは穏やかな顔で、中央フィールドで自分に向かって跪くシドを見つめる。

「あなたが僕の騎士で……本当に良かった……」

そんなアルヴィンの呟きが聞こえたか、聞こえなかったか。

「………」

シドは跪いて頭を垂れたまま、口元を微かに微笑ませるのであった。

──と、そんな風に。

場の趨勢が一気に決した……その時だった。

じゃっ！

アルヴィンの背後から、妖精剣を抜き放つ音。

「認めぬ……俺は認めぬぞ、アルヴィン……ッ！」

ウォルフが人工妖精剣をアルヴィンに向かって構えていた。

「ウォルフ皇子。乱心か？」

対し、アルヴィンは特に動じることなく、ゆっくりと振り返る。

「くく……ふふふ、あははは……ッ！　馬鹿め……本当は天騎士決定戦なんて、どうでもいい……ッ！　どうでもいいのだ……ッ！」

アルヴィンの鼻先に剣を突きつけながら、ウォルフが嗤う。

「おいっ！　貴様ら！　何をしているッ！」

そして、そんなウォルフの一喝に。

三大公爵達も慌てて剣を抜いた。

「クソッ！　なぜだ、なぜこうなった……ッ!?」

「認めない……認めませんわ……ッ！」

「あなたのような愚物が王になど……我々は認めない……ッ！」

見れば、その手に抜かれているのは妖精剣ではない。

人工妖精剣（スピリット・ギア）だ。

恐らく、ウォルフ側に与（くみ）した時に、ウォルフから譲り受けた代物なのだろう。

それを震える手で、アルヴィンへと向けている。

一対四の状況。

しかも、相手は全員、強大な力を持つ人工妖精剣（スピリット・ギア）。

「くは、くははは……ッ！　どうだ、形勢逆転だッ！　わかるだろう!?　あんな天騎士決定戦など関係なく、最初からお前に勝ち目などなかったのだ……ッ！」

「…………」

「なにせ俺には力がある！　人工妖精剣ッ！　インペリアル騎士団ッ！　俺の配下となった三大公爵ッ！　そして、王国の喉元たるラングリッサ砦（とりで）……ッ！

この状況で、俺が素直に剣を引くと思ったか!?　バカがッ！」

「…………」

「女のお前に付き合って、少し余興をしてやっただけだッ！　だが、もう余興は終わり……ここからは真なる王の力を見せる戦いだ……ッ！　ははははは……ッ！　攻め滅ぼしてやるぞ、アルヴィン……お前が泣いて謝るまで、王国を踏みにじってやる……ッ！」

そんな風に、危険な光を爛々と目に宿すウォルフへ。

「……よせ。もう貴殿らの負けなのだ」

今まで黙って聞いていたアルヴィンが、沈痛そうに首を振った。

「貴殿が誠意を見せるのなら、王として丁重にあなたを扱おう。だが、王の約定を破り、そのような理不尽に手を染める気ならば、余は容赦せぬ」

「はっ⁉　強がりか⁉　ハッタリか⁉」

「強がりでも、ハッタリでもない。ただの事実だ。そして――」

アルヴィンはウォルフの後ろの公爵達へ言った。

「貴公らの裏切りは残念に思う。だが、先王の代より、この国に尽くしてくれた恩義を、余はまだ忘れておらぬ。今からでも、余に忠誠を誓うなら……」

「う、うるさいっ！　そんなことを言って、我々を捕えて処刑する気だろう⁉」

「騙されない……騙されないわ……ッ！」

「あなたのような者に、この国は渡さないッ！　渡してなるものかッ！　この国は我々のものなんだ……ッ！」

最早、ウォルフも、デュランデ公も、オルトール公も、アンサロー公も、まったく聞く耳を持たない。

「そうか」

アルヴィンは哀しげに目を伏せ、息を吐いた。

そして。

「アルヴィン……ッ！　お前は……俺のものだぁあああああああああああああああああああああああああ――ッ！」

すっかり正気を失ったウォルフが、アルヴィンに向かって剣を振り上げた――

――その瞬間。

落雷。

突然、ウォルフの持つ剣に稲妻が落ちた。

「ぎゃあああああああああああああああああ――ッ!?」

全身を電撃に食い荒らされ、ウォルフが吹き飛ばされ、壁に叩き付けられる。

そんなウォルフを流し見て、アルヴィンは哀れむように言った。

「忘れたか？　あなたを守る白騎士が倒れたのだ。もう、この国でシド卿を止められる者はいない。ウォルフ皇子……あなたはもう、ただの人質であり、捕虜に過ぎないんだ」

見れば。

「ご無事ですか、我が王」

アルヴィンを背に守るように、シドがいつの間にか現れていた。

「うむ。ご苦労。実に見事な槍働きであった。大義である」

そして。

シドは、アルヴィンへ剣を向ける三大公爵達を見据える。

「さて。まだやるか？　お前達のやせ腕で、我が主君に傷の一つでもつけられるかどうか……試してみるか？」

最早、三大公爵達は蛇に睨まれた蛙であった。

ただ、真っ青になってガクガク震えるしかない。

人工妖精剣は三大公爵達に身震いするほどの力を与えていたが……それでも、このシドに勝てる未来がまったく描けなかったのである。

そんな中。

「アルマ……ッ！　お前は、俺のものだ……俺の……ものなんだ……ッ！」

全身焼け焦げたウォルフが立ち上がり、鬼のような形相で再び剣を構えた。

腰の後ろの剣の柄に、手をかけるシド。

そんなシドを制し、アルヴィンが哀しげに問いかける。

「どうして」

結局、アルヴィンは、なぜウォルフがアルヴィンを手に入れることに、そこまで拘るか

……最後まで理解できなかったのである。

「黙れ……女の……お前は……ッ！　王になど、なってはならぬのだ……ッ！」

「貴殿がなんと言おうと……余は王として生きる。最早、力の有る無しも、先王の意志すらも関係ない。自らの意志と選択で……そう決めたのだ」

「違う！　俺は……俺はぁあああああああああああああ——ッ！」

最早、駄々っ子のように叫き散らすウォルフ。

「《野蛮人》シド＝ブリーツェ……ッ！　貴様の……貴様のせいでぇえええええええええ

ええええええええええええええええええ──ッ!」

　そうして、ウォルフが剣を大上段に掲げて。

　その人工妖精剣の力を、シドへ向かって解放しようとした──その時だった。

　世にも恐ろしげな悲鳴が、聖霊御前闘技場内のあちこちから上がった。

「……なッ⁉」

　固まるアルヴィン。

　一体、突然、何が起きたというのか?

　人工妖精剣を手に持った三大公爵達が突然、何の前触れもなく、激しく悶え苦しみ始めたのだ。

「ぐあああああああ──ッ⁉　な、なんだこれは⁉」

「す、吸われる……ッ⁉　何かが吸われていく……ッ⁉」

「た、助けて!　助けてぇえええええええええ──ッ⁉」

　アルヴィンの見ている前で。

　三大公爵達から、何かがもの凄い勢いで人工妖精剣へと流れ込んでいき……その刀身が瞬く間に真っ黒に染まっていく。

そして同時に、同じくどうしようもない速度で三大公爵達が痩せていき、枯れていき

——完全にミイラと化して、その身体が白く、白く変質していって。

やがて、塩の塊となって……その場に、バサリと崩れ落ちていった。

「ぐわぁあああああああああああああああああ——ッ!?」

当然、その変化はウォルフも例外ではなかった。

それどころか、周囲や闘技場のあちこちに配備されている、ウォルフ配下の騎士達も例外ではない。

皆、次から次へと枯れ果てて、塩の塊と化して崩れていく——

シドは、その霊的な視覚で瞬時にその現象の正体を看破した。

（あの剣に、生命力そのものを吸われている……？）

ゆえに、人工妖精剣を持つ者の中で、もっとも強い生命力のウォルフは、最後まで残っていたが……今や別人のように痩せ枯れて、最早、死は時間の問題であった。

「ウォ、ウォルフ皇子……ッ！」

アルヴィンが見ていられず、悶え苦しむウォルフへ手を差し伸べようとするが。
「駄目だ、アルヴィン。触るな、お前も吸われるぞ」
シドが手でそれを制した。
最早、死に逝くウォルフを見ていることしかできないアルヴィンの前で。
「あ、ある……うぃん……お、おれは……た、だ……おまえ、に……ぁ……ぁ……」
ばさっ……ざざざ……
程なくして、ウォルフはやはり一塊の塩となって、消滅してしまうのであった。
「…………」
アルヴィンは、伸ばしかけていた手を下げ、痛ましそうに目を伏せた。
からん。
真っ黒に染まった人工妖精剣が、その場に転がる音。
それはまるで、黒の妖精剣だ。
そして——
一体、いきなり何が起きたのだと、会場中が驚愕と恐怖に震える中。
人工妖精剣達が、ひとりで宙へ浮かび——ヒュバッ！　と空を舞った。
それだけではない。遥か西の彼方の方からも、無数の黒に染まった人工妖精剣達がまるで黒い流星群のように飛んで、集まってきたのだ。

(西……？　確か、ラングリッサ砦を占拠した帝国軍……インペリアル騎士団には、人工妖精剣が全員に配備されていたらしいけど……まさか、あれは……ッ⁉)

歯噛みしながら頭上を見上げるアルヴィンの前で、人工妖精剣達は上空に規則正しく並び、上空に人工妖精剣で形作られた黒い円が描かれていった。

そして──……

「さぁ、時は至りました」

妙に通る声が、会場中に響き渡る。

見れば──空の黒い円の中心にいつの間にか、女が浮かんでいた。

フローラだった。

そして、そんなフローラに、さきほど憲兵に捕えられて連れて行かれたはずのエンデアが、シドにやられたボロボロの姿のまま抱きついて、ぶら下がっている。

「そう、時は至ったのです。この世界が再び闇に包まれる時がやってきたのです」

「フローラ……ッ！　ということは……成功したのね⁉」

「ええ、全て滞りなく。これまで我々オープス暗黒教団が密(ひそ)かに推し進めていた計画は全て完璧に結実いたしました。

そして、これから件(くだん)の儀式をすぐにでも執り行いましょう」

にこりと笑うフローラ。

エンデアが嗤(わら)った。

「あはッ！　あはははははっ！　あっははははははははははっ！　アルヴィン！　ああ、憎きアルヴィン！　ついに……ついにあなたの全てを奪い尽くし、滅ぼしてやるときが来たわ！　この積年の恨みを晴らすときが来たのッ！」

「エンデア……ッ！」

「傾聴なさい！　刮目(かつもく)なさい！　私は今から──〝魔王〟になるッ！　この世界を闇に閉ざし、この世界に永遠の静寂と冬をもたらす〝魔王〟になるのッ！」

「なんだって……ッ⁉　魔王……ッ⁉」

魔王。

それは、かつての伝説時代、この世界に君臨した、北の魔国ダクネシアの盟主だ。

その圧倒的な闇の力で、この世界に、生命の住めぬ永遠の冬をもたらそうとした、世界の敵。闇の妖精神(オープス)に愛されし、最強最悪の暗黒騎士王。

アルヴィンのご先祖様、聖王アルスルが世界中の騎士達を率いて立ち向かい、壮絶な決戦の果てに幾人もの騎士を失いながら、辛うじて魔王を倒した……そういう伝説になっているのであるが。

「エンデア……君がその〝魔王の後継者〟なのか……ッ⁉」

「ええ、そうよ？　何？　まだ気付いてなかったの？　はぁ……そんなの薄々お察しだったでしょうに。本当にバカね！」

エンデアが嗤う。

アルヴィンとまったく同じ顔で、まったくアルヴィンに似ても似つかぬ笑顔で嗤う。

オープス暗黒教団が、北の地に再び魔王を再臨させようと狙っていたことは、わかっていた。

そのために、教団が各地で色々と暗躍していたらしいこともわかっていた。テンコの天華月国を滅ぼしたのが、そのためだったらしいことも。

そして一体、いかなる手段と魔法を用いるのか与り知らぬが、今回、ついにその魔王を再臨させる準備が整ってしまった……それもわかる。

だが――

その〝魔王の後継者〟とやらが、なぜ、エンデアなのか……それがわからない。

そもそもエンデアとは、なんなのか？
聖王の血を引く、アルヴィン。
魔王の後継者、エンデア。
その相反する属性を持つ二人が、どうして同じ顔をしているのか。
ブリーツェ学級（クラス）の生徒達達も。
ルイーゼを始めとする他学級（クラス）の生徒達も。
その場に集う全ての民達も。
誰もが、その奇妙な符合を理解できず、動揺と困惑に震える。
ただ一人——

「…………」

かつて《野蛮人》と呼ばれ、己が主君たる聖王アルスルに誅殺（ちゅうさつ）されたとされる、伝説時代の騎士——シドを除いて。
シドは、何かを悟ったように……何かを思い出してしまったかのように……ただ、エンデアを静かに見据えている。

そして。

その場の全ての者の疑問を代弁するように。

アルヴィンが問いを投げた。

「エンデア……君は一体……何者なんだ……？」

「フン！」

すると、エンデアは鼻を鳴らし、アルヴィンを蔑むように見下ろして言った。

「あのさぁ？　まだ思い出せないの？　この顔を見て、まだわからないの？　あなたにうり二つなこの顔を見てさぁ……それとも何？　あなたにとって……私って、そこまでどうでもいい存在だったの!?　本当に酷い子ッ！」

最早、憤怒を通り越して、憎悪だ。

そんな強い負の感情を真っ直ぐにぶつけられ、思わず怯むアルヴィンへ。

エンデアは一気に言い捨てた。

「私は——エルマ。あなたの双子の妹よ、アルヴィン……いえ、アルマ姉様」

「……ッ!?」

道理に合わぬ事態が起こっていた。

先王アールドの子息は、アルヴィンのみ。
アルヴィンに姉妹など存在しない。
なのに——エンデアは、アルヴィンの妹を名乗ったのである。
聖王家にまつわる悍(おぞ)ましき闇と真実が。
今、ここに明らかになるのであった——

# あとがき

こんにちは、羊太郎です。

今回、『古き掟の魔法騎士』第4巻、無事に刊行の運びとなりました！　編集並びに、出版関係の方々、読者の皆様、どうもありがとうございます！

僕もデビュー以来、結構な数の本を世に出してきまして、なんかこう、本が出せるのがわりと普通のことにように錯覚してしまいそうになりますが、本が出せるってのはそれだけで本当に凄いことなんですよね。僕を支えてくれる全ての人達への感謝を忘れぬよう、これからも邁進していきたいと思います。

さて、今回もガンガン話は進んでいきます。

今回はこの『古き掟の魔法騎士』というお話の企画を上げた時からやりたかった展開……アルヴィンが自身が女の子であるという事実に向き合う話です。

今まで、アルヴィンは様々な人達の協力で、自身が女であることを隠しつつ、王を目指していました。

ですが、それはある意味、根本的な問題から目を背け続けていた……現実逃避をしていた、人を騙していた、とも言い換えられます。

そのため、アルヴィンは自身を信じてついてきてくれた人達全てに負い目があります。

それを隠し通すことができなくなった時、アルヴィンの王にかける思いは、王として歩む道はどこへ向かうのか？　女である彼女に王たる資格は本当にあるのか？

迷えるアルヴィンに、今回もまたシドが彼女に仕える騎士として、スパッと道を示し、道を切り開いてくれるでしょう。そして、いよいよシド無双が止まらない（笑）。

そんな爽快な騎士道物語！　今回も楽しんで頂ければ、作者冥利に尽きます！

また、僕は近況・生存報告などをtwitterでやっていますので、応援メッセージや作品感想など頂けると、単純な羊は大喜びで頑張ります。ユーザー名は『@Taro_hituji』です。

というわけで、どうかこれからもよろしくお願いします！

羊太郎

# 古き掟の魔法騎士Ⅳ

令和4年3月20日　初版発行

著者――羊　太郎

発行者――青柳昌行

発　行――株式会社KADOKAWA

〒102-8177

東京都千代田区富士見2-13-3

0570-002-301（ナビダイヤル）

印刷所――株式会社暁印刷

製本所――本間製本株式会社



ISBN978-4-04-074480-3 C0193

世界が魔術を定義するとき、
ファンタジア文庫
ロクでなし魔術講師と禁忌教典
アカシックレコード
著：羊太郎
イラスト：三嶋くろね
アルザーノ帝国魔術学院非常勤講師・グレン＝レーダスは、まともに教壇に立ったと思いきや、黒板に教科書を釘で打ち付けたりと、生徒もあきれるロクでなし。
そんなグレンに本気でキレた生徒、“教師泣かせ”のシスティーナ＝フィーベルから決闘を申し込まれるも──結果は大差でグレンが敗北という残念な幕切れで……。しかし、学院を襲う未曾有のテロ事件に生徒たちが巻き込まれた時、グレンの本領が発揮され──!?

真理の講義が始まる――
ロクでなしが織り成す
新世代学園アクションファンタジー
シリーズ好評発売中!!

この少年
すべてが
てんじょうゆうや
天上優夜
異世界で
レベルアップした結果、
最強の身体能力を
手に入れた少年
シリーズ好評発売中！

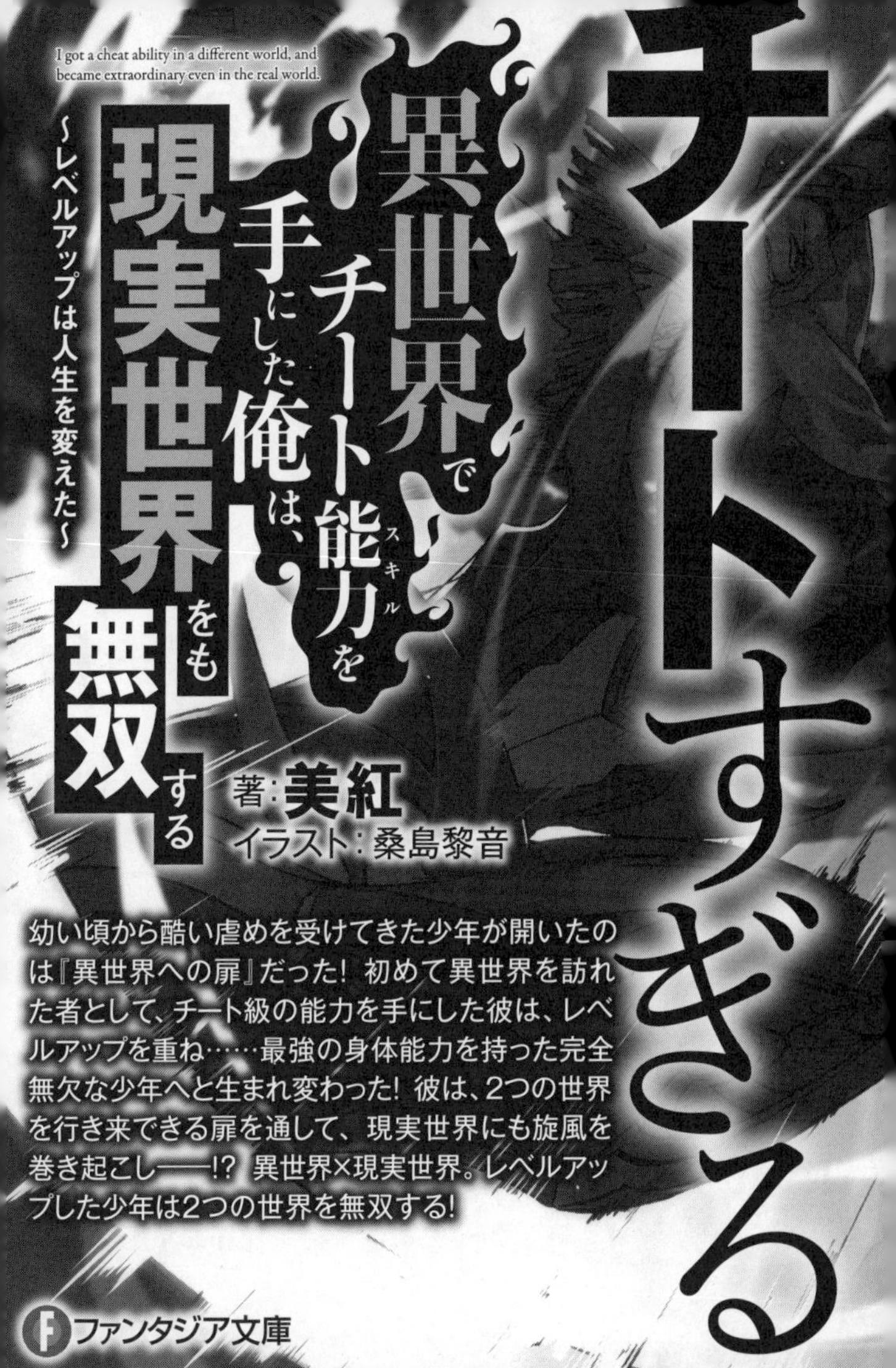

チートすぎる
I got a cheat ability in a different world, and became extraordinary even in the real world.
異世界でチート能力を手にした俺は、現実世界をも無双する
スキル
~レベルアップは人生を変えた~
著:美紅
イラスト:桑島黎音
幼い頃から酷い虐めを受けてきた少年が開いたのは『異世界への扉』だった! 初めて異世界を訪れた者として、チート級の能力を手にした彼は、レベルアップを重ね……最強の身体能力を持った完全無欠な少年へと生まれ変わった! 彼は、2つの世界を行き来できる扉を通して、現実世界にも旋風を巻き起こし——!? 異世界×現実世界。レベルアップした少年は2つの世界を無双する!
ファンタジア文庫

これは世界を救う

久遠崎彩禍。三〇〇時間に一度、滅亡の危機を迎える世界を救い続けてきた最強の魔女。そして——玖珂無色に身体と力を引き継ぎ、死んでしまった初恋の少女。

無色は彩禍として誰にもバレないよう学園に通うことになるのだが……油断すると男性に戻ってしまうため、女性からのキスが必要不可欠で!?

シン世代ボーイ・ミーツ・ガール!

1

# 王様のプロポーズ

King Propose

橘公司
Koushi Tachibana

[イラスト]——つなこ

最強の初恋
シリーズ
好評発売中!
ファンタジア文庫

その男、
アード
元·最強の《魔王》さま。その強さ故に孤独となってしまった。只の村人に転生し、友だちを求めることになるのだが……?
ジニー
いじめられっ子のサキュバス。救世主のように助けてくれたアードのことを慕い、彼のハーレムを作ると宣言して!?
イリーナ
正義感あふれるエルフの少女(ちょっと負けず嫌い)。友達一号のアードを、いつも子犬のように追いかけている
神話に名を刻む史上最強の大魔王、ヴァルヴァトス。
王としての人生をやり尽くした彼は、平凡な人生に憧れ、数千年後、村人·アードへと転生するのだが……
魔法の力が劣化した現代では、手加減しても、アードは規格外極まる存在で!? 噂は広まり、 嫁にしてほしいと言い寄ってくる女、次代の王へと担ぎ上げようとする王族、果ては命を狙う元配下が学園に押し掛けてくるのだが、
そんな連中を一蹴し、大魔王は己の道を邁進する……!

ファンタジア文庫
すべてを蹂躙(じゅうりん)する。
史上最強の大魔王、村人Aに転生する
The Greatest Maou Is Reborned To Get Friends
下等妙人
イラスト／水野早桜
シリーズ好評発売中！

ファンタジア文庫

細音啓が紡ぐ新たなるヒロイックファンタジー
細音啓
イラスト
猫鍋蒼
キミと僕の最後の戦場、あるいは世界が始まる聖戦
the War ends the world / raises the world
アリスリーゼ
帝国と対立しているネビュリス皇庁の第２王女で強力な氷の星霊を使う「氷禍の魔女」
至高の魔女と敵対する